死の扉

小杉健治

双葉文庫

目次

死の扉

第一章　安楽死

1

どんよりと重たい雨雲が横浜の空にかかっている。これから本格的に雨が降りだす予報であった。

冷たく強い風が吹きつけるなか、華岡徹《はなおかとおる》はトレンチコートの前を押さえながら、横浜地方裁判所に入った。

思ったより報道陣が少ない。

令和二年も明け、一月七日、午後一時ちょうどのことだ。

昭和初期に造られた、歴史的に価値ある建物を復元した外観には似つかわしくない最新のゲート式金属探知機と、X線荷物検査機が設置されている。二年前から安全確保のために、横浜地裁でも導入された。

華岡は列に並んだ。そのなかで華岡は頭ひとつ分飛び出ている。がっしりとした体つきで、切れ上がった目と通った鼻筋は、眼鏡《めがね》とマスクで隠れていた。

華岡はマフラーを外し、鞄《かばん》と一緒にトレーの上に置いて、ゲートをくぐった。

ピピッという電子音が鳴り響いた。振り向くとゲートの上部が赤く光っている。

「ちょっと、こっちへ」

金属探知機を手にした中年の男性職員が華岡を端の方に誘導し、両手を広げるように指示した。

華岡は黙って従った。

職員は手持ちの金属探知機を華岡の体の上から下まで乱暴に当ててくる。しかし、電子音は鳴らない。すると、何も言わずに華岡の頭部に金属探知機をかざした。

金属探知機が反応して、さきほどより高くて、小さい音がした。

「眼鏡とマスクを取って」

職員がぶっきら棒な言い方で、小さなトレーを差し出してきた。

華岡は辺りを見回し、誰も知り合いが近くにいないことを知ると、素直に眼鏡とマスクを外した。

職員が顔をまじまじと見てくる。

「早くして頂けませんか」

華岡は顔を俯《うつむ》きかげんに職員を急《せ》かした。

「あっ」

職員が一瞬顔色を変えてから、

「失礼しました。もう一度通り直してください」

と、丁寧な言葉遣いで、手のひらでゲートを指した。

華岡はゲートを回って戻り、再度くぐった。

今度は電子音は鳴らなかった。

眼鏡とマスクを職員から渡された。それらを身に着けてから、X線検査を通過した鞄とマフラーを手に取り、ホールを抜けて廊下を歩き、一〇一号法廷に向かった。

法廷に入ると、傍聴席はびっしり埋まっていた。空いているのは、一番後ろの左端の席だけだった。

華岡はその席に座った。辺りを見渡し、知っている顔がないか探した。

一列前の右端とその一つ前の席に、顔見知りの週刊誌の記者が座っている。被告人と同じチームで活躍していた元プロ野球選手も何人か傍聴に来ていた。華岡の数人右隣には、駒形《こまがた》弁護士事務所の若手弁護士がいた。

裁判官が入廷してくるまでまだ時間がありそうだ。

事件は昨年の九月十日に横浜市の上大岡《かみおおおか》で起こった。元プロ野球選手の三和田《みわた》明《あきら》が妻を殺害した疑いで逮捕されたというものだ。

三和田の供述によると、午後八時、三和田明が外出先から帰り、玄関に入ると、リビングの方から何かが倒れる音がした。慌てて駆け付けると、リビングに血まみれで妻が倒れていたという。

妻には心臓付近に刃物のようなもので刺された傷があり、頭部には殴打された痕があった。貴重品が盗まれていることもわかり、強盗殺人の線で捜査が開始された。

しかし、三和田は五年ほど前に球団から戦力外通告されており、その後一度は一般企業に就職したがすぐに辞め、今は新しい働き口が見つかっておらず、借金もあった。さらに、妻には多額の保険金が掛けられていたことがわかった。

夫婦仲は悪く、日ごろから口喧嘩《くちげんか》が絶えなかった。事件当日の午後七時頃にも言い争いをしている声を近所の住人が聞いていた。

刺した凶器は発見出来なかったが、殴打した時に使われたのはリビングにあった花瓶だとわかった。そこからは三和田と妻以外の指紋は検出されなかった。三和田宅の近所で事件の前後に怪しい人物を見かけたという情報もなく、防犯カメラにも怪しい人物は写っていなかった。

このようなことから、十日後の九月二十日に三和田明を逮捕した。

三和田は当初から容疑を否認し、すぐに私選弁護人に駒形惇一郎《じゅんいちろう》弁護士を付けた。駒形は多くの事件を無罪に持っていっている凄腕《すごうで》の弁護士である。

三和田の犯行に間違いないと思われていたが、起訴した後に三和田宅から飛び出してきた男を目撃したという証人が現れたのだ。

証人はメガバンクの第一銀行融資部部長の田中真司《たなかしんじ》という男だった。

田中は背の高い中年の男を見たと証言した。

ただ、田中の言うような男を目撃した人物は他にいない。

しかし、この件に関して、男が逃げていったという方向には防犯カメラもなく、時間的にも近所の住人が外に出ていなかったので、誰も目撃していないのは当然だと、駒形は裁判で主張した。

田中の証言を裁判員がどう判断するのか注目された。

午後一時三十五分、黒い長袖シャツに黒いズボンを穿《は》いた被告人が法廷に入ってきた。

現役時代は短髪だったが、髪が伸びて前髪が眉にまでかかっている。俯き気味で、冷たい表情をしており、この数か月で一気に老け込んだように思える。まだ三十歳だというのに、白髪《しらが》が所々生えていた。

被告人は死亡した妻の両親に一礼した後、弁護人席の前にある長椅子に座った。

華岡は被告人を睨《にら》んだ。

きりっとした一重まぶたの目や、高い鼻。どこか人を恨むような顔をしている。

現役時代は細身だったのに、今はだいぶ腹回りに肉が付いている。

しばらく経っても、被告人は顔を上げなかった。

華岡は弁護人の駒形惇一郎に目を移した。この男は余裕を含んだ清々《すがすが》しい表情であった。

もう六十歳を超えるのに、鋭い目つきは変わっていない。一時、病気をしたせいか痩せたように見えるが、その後回復して、今は精力的に活動している。

裁判長を先頭に、二人の陪席裁判官と裁判員六人が入廷し、法廷内の全員が起立、一礼をした後、五十過ぎの眼鏡をかけた真面目そうな裁判長が声を上げた。

「それでは開廷いたします。被告人は証言台の前に来てください」

三和田は無言で立ち上がり、証言台の前にゆっくり歩み出た。手を前にぶらっとさせ、微《かす》かに首を傾《かし》げている。

裁判員六人は被告人に目を向けている。

「それでは、被告人三和田明に対する殺人被告事件について判決を言い渡します」

裁判長が口を開いた。

三和田は微動だにしなかった。

「主文。被告人は無罪」

傍聴席がどよめいた。何人かは急いで法廷を出て行った。

駒形は軽く頷《うなず》き、その眼差しを三和田に向けていた。

殺害された三和田夫人の父親は驚きの表情で、母親は涙をこぼして目をハンカチで拭《ぬぐ》っていた。

「判決理由を述べるので、被告人はそのままで」

華岡はざわついた心で傍聴席を立って、法廷を後にした。

横浜地方裁判所の出口は、入口とは反対側、みなと大通りに面している。そこから出た華岡は眼鏡とマスクを外して、トレンチコートのポケットにしまった。すぐの角を右に曲がり、次の角を再び右に折れた。

茶色い建物の正面玄関に来ると、スーツの内ポケットから外しておいたバッジを取り出して付けた。霜《しも》と日差しを組合せた形をしている、秋霜烈日《しゅうそうれつじつ》のバッジだ。秋霜烈日とは、秋におりる霜と夏の厳《きび》しい日差しのことで刑罰や志操の厳しさに譬《たと》えられている。

華岡は急ぎ足で階段を上り、二階の一番奥にある部屋に入った。

検察事務官の本多士郎《ほんだしろう》が手元の資料に目を落としていたが、すぐに顔をあげた。

「華岡検事、どうでした？」

本多の問いに、華岡は顔をしかめて首を横に振った。

「えっ、まさか無罪!?」

「そうだ」

「菊田《きくた》検事がもう少し攻めていたら……」

と、本多はどこか恨むように言って、大きなため息をついた。菊田とは、さきほど法廷にいた公判検事である。

「いや、そんなこと言うな。敗れたのは菊田検事のせいじゃなく、起訴した俺の責任だ」

華岡は席に着いて、考え込んだ。

「裁判員は、突然現れた田中真司の証言を信用しているんですね」

本多は愚痴《ぐち》っぽく言った。

彼は去年の四月に事務官になったばかりの若手だ。愛嬌のある丸顔で、まだスーツが似合っていないが、記憶力が抜群で、さらに頭も切れる。他の検察事務官よりも優秀だと華岡は思っている。だが、思い込みの激しいところがある。

「どうして、田中の言うことを信用したんでしょう。彼が見かけたという男が見つかっていないのに……」

本多は憤慨するように付け加えた。

華岡の脳裏に田中真司の顔が過《よぎ》った。フレームの細い眼鏡をかけて、白髪交じりの気難しそうな五十男だ。

テレビ報道もされていた事件なのに、起訴された後に証言したというのがよくわからないと、本多は初めから言っていた。

あまりテレビを観ない人もいるだろうし、新聞だって殺人事件を好んで読まなければ、しばらくの間事件を知らなかったとしてもおかしくないと、本多には答えたが、華岡自身も納得していなかった。

「駒形弁護士が仕掛けたんじゃないですか」

本多が訝《いぶか》しげに言った。

駒形惇一郎弁護士は目的のためなら手段を選ばない。金で証人を買収したり、または証人を作り上げたりしているという噂《うわさ》を本多は信じているようだ。

「いくら何でもそこまではしないだろう」

華岡は安易にそんな陰謀論は信じなかった。駒形ほどの腕が立つ弁護士であれば、わざわざそこまでする必要はないし、仮に有罪だとわかっていたら駒形は弁護を引き受けないような気がする。

「当然、控訴ですよね？」

本多は身を乗り出して言った。

「まず、判決理由を読んでからだ」

そう言って華岡は席を立ちあがったが、当然控訴するつもりでいる。

あの事件の犯人は三和田に間違いないのだ。だが、見逃している点があったのかもしれない。きっと、それを見つけ出してみせる。

華岡は窓際に立ち、横浜港を見つめながら決意を新たにした。

2

その日の夜八時、華岡は横浜地検を出た。

近くの関内《かんない》駅までの間は、仕事終わりのサラリーマンたちで賑わっていた。

十五分後、華岡は関内駅から京浜東北《けいひんとうほく》線に乗った。二駅先の横浜駅まで行き、東海道線に乗り換えた。

華岡は資料を読みたかったので空いているグリーン車に乗り、二人掛けの席の窓側に座った。

この車両は思っていた通り、空いていた。

鞄の中から三和田明の事件の判決文のコピーを取り出して、足を組んで読み始めた。

裁判所は三和田宅から背の高い中年の男が飛び出してきたという田中真司の証言に信ぴょう性があるとしている。どうして信ぴょう性があると言い切れるのか。

田中真司以外に三和田宅から飛び出してきた男を見た者もいなければ、付近のどの防犯カメラもその男の姿を捉えていない。

それより、なぜ田中は三和田が起訴されたあとに現れたのか。三和田の事件は新聞、テレビ、インターネットのニュースなどで全国的に報じられている。怪しい人物を目撃したら、すぐにでも警察に情報提供するものではなかろうか。

横浜を出た電車は、川崎、品川《しながわ》に停まり、二十分ほどで新橋《しんばし》駅についた。

階段を下りて、銀座《ぎんざ》口に出た。

待ち合わせ場所は銀座寄り、高架になっている高速道路の下にある居酒屋であった。

ちょうど改札口を出て、すぐ前の外堀《そとぼり》通りの信号が青から赤に変わりかけていた。華岡は一瞬走ろうかと思ったが、間に合いそうもないとわかり足を止めた。

信号が変わると、華岡の目の前に綺麗な曲線を描いたポルシェのオープンスポーツカーが停まった。

「おう華岡じゃないか。どこ行くんだ、乗せて行ってやるぞ」

と、運転席から男が話しかけてきた。

三島篤史《みしまあつし》という大学時代の同じ法学部の同級生で、大手上場オーナー企業の御《おん》曹司《ぞうし》だ。学生時代には、毎日のように繁華街に繰り出して、朝まで呑み続けたり、将来の夢を語り合った。当時は親の会社は継がずに、弁護士になり、自分の事務所を開きたいと語っていた。

だが、今は親の会社を継ぎ、法曹界とは無縁な生活をしている。

「近くだから結構だ」

華岡は断った。

「そうか。それにしても、駒形さんはよくやるな」

三島は皮肉っぽく言った。

「駒形弁護士を知っているのか」

華岡がきいたが、後ろからクラクションが鳴らされ、三島は虎《と》ノ門《もん》の方に走り去った。

かつて、スポーツカーが趣味だと語っていたのを思い出した。以前に見かけた車はまた別の車だった。

「俺もああいう風になりたいな」

信号待ちをしている隣の大学生風の男が、連れの同年代の女に話しかけていた。女は車に興味がないのか、適当に相槌を打っていたが、男は興奮しながらうんちくを語った。

女はそれでも興味がなさそうだったが、

「いくらなの?」

と、きいたら、

「三千万くらいはするよ」

男が興奮気味に答える。

「えー、すごい!」

女は声のトーンが急に高くなった。

(三島の奴、相変わらず派手だな)

やがて、歩行者用信号が青に変わった。

華岡は歩きはじめ、土橋《どばし》インターチェンジ近くの居酒屋に入った。

店内はサラリーマンの乾いた笑い声やグラスを合わせる音で騒がしかった。

「予約をしていた華岡ですけど」

と、華岡は出入口の傍を通った若い男性店員に告げた。

店員はレジカウンターの中に入り、そこに置かれた紙の予約表に目を通してから、

「お連れ様がお待ちです」

と、威勢の良い声で言い、華岡は奥の席に案内された。

しっかりと七三分けにした端整な顔立ちの初老の男が半分くらい残っているビールジョッキを手にしている。

華岡の顔を見るとにこりと微笑《ほほえ》んだ。

元高校教師である義父の宏《ひろし》だ。

「忙しいのにすまないな」

「いえ、お待たせしてすみません」

華岡はそう言いながら座り、宏と同じビールを店員に頼んだ。すぐに店員がジョッキを持ってきた。

乾杯でジョッキを合わせると、刺身や魚の煮つけなど適当に選んで注文した。

「義父《とう》さんがこういう店を指定してくるなんて珍しいですね」

いつもはもっと静かな小料理屋などを選ぶ。宏と会うのは三か月ぶりだった。

今年六十五歳の宏はすでに退職して、約四十年間教鞭を執っていた高校に非常勤講師として残っている。

「この間、昔の教え子たちとここで呑んだんだ」

宏は目を細めて言った。

「私はこういう気取らない店のほうが好きですよ」

「本当か？」

「ええ、いつも畏《かしこ》まったところじゃなくても」

「よかった。てっきり、こういう店は嫌いかと思っていた」

宏は安心するように言った。華岡は堅い雰囲気からか、それとも検事という肩書があるからか、雑多な場所を嫌いだと勘違いされる。

「それに、病院に近いんだ」

宏は付け加えた。

その言葉を聞いた時、華岡は顔を強張《こわば》らせて黙りこんだ。そういえば、新橋の方に転院したと聞いていた。

宏はその様子を見てか、

「一度でいいから、会ってやってくれないか」

と、真剣な眼差しで頼んできた。

華岡は宏から目線を外して、

「前にも言ったように、そんな気になれないんです」

と、断った。

今までに何度も断っている。その度に悲しそうな顔をする宏に同情する気持ちはあるが、どうしても頼みを受け入れることは出来なかった。

「由美子《ゆみこ》はずっと徹のことを気にしているぞ」

宏がその名前を出した。

由美子は華岡の母親だ。

三年前に胃がんが発見され、入退院を繰り返している。三か月前に再発して手術はしたが、今も入院をしている。だが、華岡は一度も見舞いに行ったこともなければ、電話やメールなどの連絡すらしていない。母の胃がんが発見される前も、母との関係は良好ではなかった。

「まだ許せないのか」

宏が顔を覗き込むようにきいた。

「いえ、そういうわけじゃないんですが」

「じゃあ、どういうわけなんだ」

「……」

その問いに、華岡は曖昧《あいまい》に首を動かした。

それから、黙って鞄の中から封筒を取り出し、宏の前に差し出した。別れ際に渡そうと思っていたが、このタイミングで渡しておいた方がいいと思った。

「これは？」

宏が封筒の中身を確認しながらきいた。

「義父さんには母を任せきりにしているので」

「何を言っているんだ。こんなことしてくれなくてもいいんだよ」

「でも」

華岡は何か言おうとして、言葉を止めた。

「徹の中では父親は兄さんだけだものな」

宏は複雑な表情で華岡を見つめた。

華岡の実の父は三十年ほど前に病死した。華岡が六歳の時だった。それから、父の弟、つまり叔父の宏が母と再婚した。

華岡はそのことを気にしているわけではないが、宏はずっとそう思っているようだ。

宏のことは嫌いではない。実の子ではないのに、しっかりと愛情を持って育ててくれた宏には感謝している。検事の道を勧めてくれたのは宏でもある。

「治療費のことは心配しないでくれ。退職金と年金があるから何とかやりくり出来る」

宏は封筒を返してきた。

「いえ、本来なら、私が母の面倒を見なくちゃいけませんから。義父さんには苦労をお掛けしているので、気持ちだけでも受け取ってください」

華岡はさらに封筒を押し返した。言葉の上だけではなく、本当に母の面倒を見なければならないと思っている。母のことを恨んでいるのか、それとも自分の中で整理がついていないだけなのか。それさえもわからない。いや、考えたくないのかもしれない。

その時、刺身の盛り合わせが運ばれて来た。

宏は仕方なさそうに封筒をジャケットにしまい、

「じゃあ、預かっておく」

と、複雑な顔をして軽く頭を下げた。

「さあ、食べましょう」

華岡が気持ちを切り替えるように言った。宏は小皿に醬油を垂らしてから、醬油差しを華岡に渡してきた。

さらに料理が運ばれてくる。

それにつれて、宏はどんどんビールを呑む。普段の宏の呑むペースからすれば、異常なほど早かった。

「今日はいつもより呑みますね」

「久しぶりにお前と呑んで楽しいんだ」

「すみません。ずっと誘ってもらっていたのに時間を作れなくて」

「いいんだ。検事という仕事は忙しいんだろうから。ただ、さっきの話だが、会ってやってくれないか」

もう一度、宏が言い出した。

「……」

華岡は何と断ればいいのかわからない。

「もし恨むなら由美子じゃなくて、俺じゃないのか」

「いえ、恨むというよりかは……」

「由美子にはなにか思い当たる節があるのかもしれない。だけど、話してくれないからわからないんだ」

宏はジョッキから手を離し、華岡の目を真っすぐに見た。

華岡は目を合わせたものの、何も答えられない。

「由美子は兄貴やお前のために考え抜いた上で決断したのだ」

少し呂律《ろれつ》が回っていなかったが、しっかりした目で華岡を見つめた。

華岡の脳裏に三十年前のことが蘇《よみがえ》る。

いつものように、放課後、校庭でドッジボールをして遊んでいると、突然母がやって来て、「お父さんのところに行こう」と言われた。

「明日にして」

華岡はドッジボールの邪魔をされたことに、少し気分を害して答えた。父は入院していたが、すぐによくなって家に帰ることが出来ると言っていた。華岡はその言葉をそのまま信じていた。だから、その日に行く必要がないと思っていた。

「今日じゃなきゃダメなの」

母がきつい言葉で言った。

華岡は渋々母に従い、ランドセルを背負ったまま父が入院している都立世田谷《せたがや》病院へ向かった。その途中、その日、図工の時間で父の似顔絵を描いて先生に褒《ほ》められたことなどを母に話した。病室に行くと、父の弟の宏も来ていた。

華岡は何か異様なものを感じていたが、それを完全に理解できずに、

「友達と一緒にドッジボールをしていたのに、連れて来られたんだ」

と、文句を言った。

「ごめんな、徹」

父は申し訳なさそうに謝ってから、ふと顔を背けた。その時、目に光るものが見えた気がした。

「どうしたの」と喉元まで言葉が出かかった時、

「徹、図工の時間にお父さんの似顔絵が上手だって先生に褒められたんだよね」

と、母が口を挟んだ。

「そうそう」

華岡はランドセルから画用紙を取り出して、父に渡した。今思えば似てもいない稚拙《ちせつ》な似顔絵だったが、「早く元気になってね」という言葉が添えてあった。

父はそこに大粒の涙を落とした。

その日の夜、父は天国に旅立ったと母から自宅で告げられた。自分の耳を疑った。数時間前まで生きていたのだ。死ぬはずがないと華岡は思った。だが、病院に駆け付けて、父の耳元でいくら呼んでも返事がないので、本当に死んだと思った。

それから十年ほど経って、高校の現代社会の授業で川崎協同病院事件のことを学んだ。患者の家族が主治医に「楽にしてやってほしい」と語ったことにより、筋弛緩剤を投与して安楽死させた事件である。

この話を聞いて、はっとした。父が死ぬ数日前に、母が主治医に病院の廊下で「楽にしてあげてください」と言っていたのを思いだしたのだ。

華岡は嫌な記憶を振り払うように、軽く頭を振った。

宏は身を乗り出すようにしたが、

「実は……」

と、言いよどんだ。

「何です？」

華岡がきいた。

「余命があと半年と言われているんだ」

「えっ」

華岡は思わず驚きの声を漏らした。

「がんが全身に転移している。最後の時間を一緒に過ごしてやって欲しい」

宏は身を乗り出し、力を込めた声で言った。

「……」

華岡は何と答えていいのかわからなかった。

「お願いだ」

宏が頭を下げた。

「母だって、今さらそんなことは望んでいないはずです」

華岡は答えた。

「いや、由美子も会いたがっている」

「……」

「いつまで恨んでいても仕方ないんじゃないか。由美子にとって、徹はたったひとりのかけがえのない息子なんだ」

宏が諭すように言った。

「それはわかっていますけど」

「だったら、会ってやってくれてもいいじゃないか」

華岡の心の中には複雑な感情が交差していた。なぜ頑《かたく》なに母を拒むのかわからなかった。

振り返ると、母の愛情を感じたことは少なくない。

「お願いだ。たった一度だけでもいい」

宏は目に涙を溜めていた。これまで、実の父が死んだ時以外に宏の涙は見たことがなかった。

そのことに、胸を打たれた。

宏は実の父親ではないのに、ここまで本当に親身になって面倒をみてくれた。そして、今までこのこと以外では頼み事をされたことがない。

「わかりました」

華岡は小さい声で承諾した。

「ありがとう」

宏の顔がぱっと明るくなった。

「手が空いたら必ず行きますから」

華岡はそう言いながら、実の父の死に顔が蘇り、思わず苦しくなり顔をしかめた。

翌日の朝、華岡は部長の部屋に呼ばれていた。

約束の時刻ちょうどに、扉をノックし、名乗ってから入った。ここは華岡の部屋の二倍ほどの広さであった。

オールバックで、眼光が鋭い強面《こわもて》の中年検事が腕を組んで座っている。

「三和田の件、申し訳ございません」

と、華岡は早々に頭を下げた。

「控訴して勝てるか」

「はい」

「田中の証言を崩せるか」

「崩してみせます」

「田中という証人はどんな男なんだ？」

「第一銀行の融資部長で、とても真面目そうな男です。ただ、どこか陰があるようにも見えました」

「なぜそんな証言をしたんだろう？」

「そこがわからないんです。田中と三和田には何のつながりもなさそうですし、わざわざ第一銀行で部長を務める程の者が、犯罪に協力をするとは思えないんです」

華岡は疑問を感じていたため口にした。

「しかし、あの弁護士は曲者《くせもの》だから……」

部長が訝しむ目をした。

とも知っているだろう。しかし、過去に駒形の弁護に怪しいものはなかった。駒形によって無罪にされた事件でも、今回のように納得いかないものではなく、明らかに相手が上手《うわて》だとわかるものだった。

「田中の見間違いってこともあり得るだろう？」

「本人は間違いないと言っていました」

「じゃあ、田中は三和田宅の近くで何をしていたんだ？　閑静な住宅街だろう？」

「駅前のケーキ屋『フルサワ』に行っていたそうです」

華岡は鞄の中から資料を取り出して、もう一度確認した。『フルサワ』で間違いなかった。

「本当に田中は『フルサワ』に行っていたのか」

「わかりません。『フルサワ』は老舗《しにせ》の人気店で客も多く、田中は特徴のある顔ではなかったので店員は覚えていないというんです。また、店内に防犯カメラもないので、確かめようがありません」

「『フルサワ』に行っていた可能性も否定出来ないわけだ」

「ええ、残念なことに……」

「田中真司の家族は何と言っているのだ。ケーキを買ってきたと言っていたのか」

「はい。食卓を囲んで食べたと妻と次男が言っています」

「長男は？」

「以前に事故で死亡したらしいです」

「そうか」

部長が呟《つぶや》いてから、

「それと、刺した凶器が見つからないというのはどういうことだ」

と、華岡を改めて見た。

「三和田がどこかわからないところで処分したのでしょうが、それも憶測に過ぎません。その凶器が見つかればよかったのですが」

「警察はどこを捜したんだ」

「三和田の家をくまなく捜し、庭まで掘り起こしましたが出てきませんでした。

自宅近くを流れる大岡川や、公園、墓地なども捜索したそうですが、それでも出てきていないそうです」

「凶器が出てこないと、その強盗犯の仕業だと駒形さんに言われるな。殴打に使われた花瓶だって、強盗犯が手袋をしていたと主張出来る。三和田に共犯者がいたとは考えられないか？」

「その可能性もあります。たとえば、共犯者が凶器を持って逃げたのかもしれません。田中真司はその共犯者を見たのかもしれませんね」

「そうだな。三和田単独犯に絞って、考え過ぎていたのかもしれない」

「ただ、共犯者がいるとしたら、もっとうまくアリバイを作るのではないですか。犯行時刻に合わせてアリバイを用意出来たはずです。犯行がずさんなような気もします」

「そうも言えるな。そのことを頭に入れて調べてみてくれ」

部長が言った。

「はい」

「よし、控訴する。いいな」

「わかりました」

判決から十四日以内に横浜地裁に「控訴申立書」を提出し、さらに二か月以内に「控訴趣意書」を提出して、新証拠などの控訴の理由を述べればよい。

華岡は部長の部屋を去ってから、なぜ複数犯の可能性をもっと深く考えなかったのかを反省した。

3

翌朝、晴れた天気であったが昨日より寒かった。

華岡はいつもよりだいぶ早く山手町《やまてちょう》の官舎を出たので、午前八時前には横浜地検に着いていた。

個室になっている自分の検察官室に入った。ここには壁際に華岡のデスクがあり、その脇に検察事務官のデスクがある。

本多士郎はすでにそこへ座っており、サンドウィッチを食べながら資料に目を通していた。

本多は残りのサンドウィッチを全て口の中に含み、

「西横浜国立病院事件の山中征爾《やまなかせいじ》が送検されてきました。華岡さんが担当することになりましたよ」

と、慌てて咀嚼《そしゃく》しながら言った。

華岡が席に着くと、目の前に送致記録が置いてあった。

『西横浜国立病院安楽死事件』というタイトルが付けられていた。

今から二か月半前の、去年十月十四日に田中淳《あつし》という二十五歳の男性患者が死亡した。彼は十月一日に磯子《いそご》にあるマンションの十階の非常階段から転落し、心肺停止状態で西横浜国立病院に運ばれた。その後、担当することになった呼吸器内科医の山中征爾が治療の指揮を執ったが、低酸素脳症により意識が戻らず、昏睡状態が続いた。さらに、持病の喘息《ぜんそく》も悪化していた。

その後、懸命な治療の結果、十月十日には人工呼吸器は外せるようになったが、痰《たん》を吸引するための気管内チューブは取りつけられたままだった。

四日後、田中淳は院内感染によって重症気管支肺炎になり、気管内チューブは血痰であふれた。いつ痰によって気道が塞《ふさ》がれて、窒息死するか分からない状態であった。その様子を見ていられなかった家族が死なせてやって欲しいと頼み、山中は気管内チューブを抜いた。しかし、それからさらに苦しみだしたことで、今度は筋弛緩剤を使用して死なせたというものだった。

神奈川県警は殺人ほう助の容疑で捜査を進め、一月六日に山中征爾を逮捕した。

「これだけ見ると山中征爾が逮捕されたのは可哀想な気もしてきますね」

本多がぽつんと言った。

「可哀想？」

「だって、患者と家族のために死なせてあげているんですよ」

「問題は医師としての権限を越えたのかどうかだ。今までにも安楽死事件はいくつかある。一九九一年の東海大学病院や、一九九八年の川崎協同病院でも、医者が悪意を持って殺したんじゃなく、苦しんでいる患者と家族を可哀想だと思って死なせてやったのだろうが、いずれも刑に処せられている」

「でも、それよりも新しい事件で言うと、二〇〇四年の北海道の病院で、心肺停止の状態で運ばれた九十代の患者の人工呼吸器を医師が外したケースや、二〇〇六年の富山県で複数の末期患者の人工呼吸器が外され、医師が殺人容疑で書類送検されたケースでは不起訴となりましたね」

「自然死ということが認められてきたのだろう。しかし、延命治療の中止で自然に死を迎えさせるというのは、自らの手で死期を早める安楽死とはまったくの別物だ。自然死は認められても、安楽死は認められない」

華岡は強い口調で言った。

実際に安楽死の問題を扱ったことはないが、司法研修所時代の模擬裁判で東海大学病院事件を元にした安楽死事件をあつかったことがある。その時に、華岡は検察側の役をやり、弁護側を論破した。

本多との会話が、どこか懐かしい。

ふたりが話し合っている間、検察庁の領置番号がついた証拠品が運ばれてきた。

「とりあえず、三十分後に呼んでくれ」

華岡は命じた。


やがて、ドアがノックされた。

本多は外に出て、すぐに若い巡査と手錠を掛けられた山中征爾を自室に招きいれた。

「座ってください」

華岡は自分のデスクの向かいの席を指した。

山中は何も答えずに、背筋を伸ばしたまま頭が糸で吊るされている操り人形のようにすっと座った。

それから、若い巡査が山中の手錠を外した。本多はパソコンを開いて待っている。

「山中さん、初めに伝えておきますが、もし弁護士をつけたければつけられます」

華岡は伝えた。

「わかっています」

山中はぶっきら棒に答えた。

「では、確認のためお名前をご自身の口から言っていただいてよろしいですか」

華岡は鋭い目つきで相手を見た。

「山中征爾です」

「生年月日は？」

「一九六二年十一月二十日生まれ」

「本籍は？」

「東京都千代田《ちよだ》区東神田《ひがしかんだ》九丁目十二番地十八号」

「現住所は？」

「神奈川県横浜市中区山手町三〇〇」

「職業は？」

「呼吸器内科医です」

山中は堂々とした態度で、口ごもることなく答えた。

次に華岡が送致書に記載されていた被疑事実を読み聞かせた。簡単に言うと、苦しんでいる患者の田中淳を死なせて欲しいとの家族の依頼を聞き入れ、すぐに死ぬとわかっていながら気管内チューブを外した。それだけにとどまらず、患者がさらに苦しがったので、筋弛緩剤を使用してより早く死ねるよう手助けをしたというものだ。

「警察が勝手に作り上げた話に過ぎません」

山中は鋭い口調で答えた。

「では、どこの部分が違うというのですか」

華岡はきいた。

調書にはきちんと、何を否定したのかが書いてある。しかし、華岡は自分の耳で山中の言い分を聞きたい。

「気管内チューブを抜くことに関する考え方です」

「具体的に言いますと？」

「普通であれば、人工呼吸器と同時に気管内チューブを抜きます。しかし、田中淳さんの場合は、気道を塞がれて窒息死する可能性があったので、様子を見て、後日抜くことに決めました。元々抜くことは決まっていたのです」

「後日にしても、チューブを抜けば窒息死をする可能性はあったわけですよね？」

「はい。呼吸が苦しくなる可能性があることを淳さんのご家族にも説明しました。その時に、再び気管内チューブを挿入するかどうかはご家族の判断だと申し上げました。そもそもチューブは延命治療の装置です。ちゃんとしたプロセスを踏んでいれば、延命治療を中止した罪に問われないはずです」

山中は自信に満ちていた。国のガイドラインでは「患者がこうなったらこうする」といった一律の対応をとるということではなく、一人ひとりの患者の状況や考え方の違いに応じ、当事者が患者のために話し合い、それを何度も繰り返して共同で延命治療の中止の決定に至るかを決めるということが示されている。

「山中さんは、そのプロセスをちゃんと踏んでいたということですね」

華岡は確かめた。

「そうです」

山中は大きく頷いた。感情に起伏があるようには見えない。四十八時間の勾留を受けて身心ともに疲れているはずなのに、その様子をおくびにも出さない。誘導尋問をしても、あるいはひたすら同じ内容のことを聞いても、山中という男は主張を変えないだろうと感じた。

「チューブを抜くことは呼吸が苦しくなって、窒息死する可能性があるということですよね。それが分かっているのにも拘《かか》わらず、医師が黙って見過ごすことが許されるのですか」

華岡が違う言い方で迫った。延命治療の中止が認められていたとしても、今回の場合は本当に殺人ほう助に当たらないのか、納得がいくまで尋ねたかった。

山中はひと呼吸置いてから、

「まず、患者が完全に回復する見込みはゼロでした。仮にずっと気管内チューブを装着したままでも、いつ死ぬかわからない状態でした」

と、冷静に答えた。

「つまり、チューブを抜いたのは正しい判断だったと?」

「そうです」

「医師としての倫理に外れていないとお思いですか」

華岡はきいた。

「私は延命治療を中止しただけです」

山中は冷静に言った。

「それは医師として認められた行為だとお思いですか？」

華岡はそう言いながら、送致書を手繰《たぐ》り寄せた。

すると、山中は軽く首を傾げながら、

「検事さん、二〇〇七年に国のガイドラインで延命治療の中止が公的に認められたことはご存じでしょう？」

と、きいてきた。

もちろん、華岡は知っている。それ以降も、胃ろうなど人工栄養の中止、人工透析や人工呼吸器などの生命維持措置の中止、さらには肺炎治療の中止などがガイドラインで相次いで認められており、今日では医療現場でも延命治療の中止は広がっているそうだ。

二〇一七年には高齢者医療で、本人の意思、かかりつけ医の確認などが出来れば、救急隊員が蘇生処置を中止出来るという新たなガイドラインがまとめられた。

「国のガイドラインが示しているのは終末期における治療の中止ですよね？」

華岡が攻める手立てはこのことだった。

「はい」

山中は少し動揺しているのか、目を素早く左右に動かした。

「田中淳さんは、まだ二十五歳と十分若かったですね」

「ええ」

「本当に助かる見込みはゼロだったのですか？」

華岡は矢継ぎ早にきいた。

山中は答えるのに、少し間を置いた。

その間に考えているように見える。

「警察の取り調べでも言いましたが、高気圧酸素治療という、高濃度の酸素を吸わせて脳細胞を活性化させる治療も行いました。二回行いましたが、いずれも効果はなく、さらに三回目の治療の際に、けいれんを起こして痰を詰まらせました。危険を伴うため、この治療法はもうしないようにご家族とも話し合いで決めました」

山中はそう説明したが、助かる見込みについては言及していない。

「それで、高気圧酸素治療法以外には試す術《すべ》がなかったのですか」

「とりあえず、十四日の時点では他の治療を施せる状態ではないと判断しました」

「でも、容態が安定していれば、他にも手立てがあったということですね」

華岡は相手を頷かせるように仕掛けた。

「そうかもしれませんが、患者の容態は刻一刻と変わっていきます。その時点では何も手立てがなかったと言えるでしょう」

山中はするりと躱《かわ》した。

華岡はもう一度手元にある送致書を読んだ。三回目の高気圧酸素治療を行ったのが、十月十四日と書かれている。

「気管内チューブを抜いたのも、三回目の高気圧酸素治療をした十四日ですね?」

華岡はきいた。

「そうです」

「その日の様子を教えてください」

「午前中に高気圧酸素治療を行い、その日の午後に容態が悪化し、重症気管支肺炎になってしまいました。チューブには血痰があふれ、肺の三分の一は潰れていました」

「そんな状態にも拘わらず、チューブを抜くのを決めたのはなぜですか」

「私はいきなりチューブを抜くことを提案しませんでした。気管切開をする選択肢もあるとご家族に説明しました」

「気管切開とはどういうものですか」

「その名の通り、気管を切って、カニューレと呼ばれる気道の確保や、出血や分泌物の吸い取りに使う管を挿入するというものです。しかし、それには感染症のリスクも高いのです。必ず成功するとも限らないし、成功しても、少し寿命を延ばせる程度かもしれませんでした」

「ご家族にその提案をしたのですね」

「はい。ただ、ご家族は回復する見込みもないのに、身体にメスを入れるということにためらわれていたので、気管切開は行わないということになりました。そして、ご家族の方から積極的な治療は行わないで、出来る限り自然に死を迎えさせて欲しいということを伝えられたのです」

山中は丁寧に説明した。

「それは、言い換えれば家族が死を迎えさせて欲しいと願っていたのではないのですか」

華岡はもう一度かまをかけた。

「だからと言って、早く死なせたいというわけではないはずです。ご家族の意向としては、苦しみを極力なくしたいということでした」

山中はまたうまく逃げた。

「実際に、チューブを抜いたあとはどうなったのですか」

華岡は、間を置いてからきいた。

「患者が苦しみ出して、上体を仰《の》け反《ぞ》らせたのです。今まで体を動かせなかったのが嘘《うそ》のようでした。それで、鎮静剤を使いました。すると、体の動きは止められましたが辛そうな呼吸は続き、苦しそうな顔の表情は変わりませんでした」

「その時に筋弛緩剤を使ったのですね」

「はい」

「何のためですか」

「楽にするためです」

「具体的にどういうことでしょう?」

「筋弛緩剤を薄めて使えば、顔面筋や喉頭筋に作用して、喉の力を抜いてあげることが出来るはずだと考えていました。筋弛緩剤を使用してから十分ほどして、患者の呼吸が止まり、お亡くなりになられました」

山中は真っすぐな目をして、華岡を見た。

「山中さん、供述していないことがありませんか」

華岡は首を傾げた。

「何ですか？」

山中は不機嫌そうに言った。

「田中淳さんの弟の良《りょう》さんが、山中さんが気管内チューブを外した後、苦しむ淳さんの姿を見て、家族で死なせてあげることは出来ないか山中さんに確かめたと証言していますが」

捜査資料にはそう書いてあった。

そして、父親の真司の供述は混乱していてよくわからないというものであった。

「患者のご家族は冷静な判断が出来ないこともよくあります」

「しかし、看護師も家族が死なせてやって欲しいと言ってたと聞いているそうですが」

華岡がそう言うと、山中の眉尻が上がった。

「どの看護師がそう言っていたのですか」

山中が厳しい表情できいた。

華岡は既に捜査資料を読み込んでいたが、もう一度書類を見た。それを証言した看護師はひとりだけである。田中淳のケアをしていた看護師は全部で四人いて、証言した看護師はその四人ではなかった。たまたま、通りかかった看護師が聞いていた。

「看護師のうちのひとりです」

「名前は?」

「濱田愛子《はまだあいこ》です」

「そのひとは田中淳さんのケアをしていた看護師とは違いますよね。彼女も状況の判断が付かないで聞き間違えたとしか考えられません」

山中は決めつけるように言った。

「しかし、ひとりだけならまだしも、ふたりも同じことを聞いているとなれば、やはり疑わざるを得ません」

「言いがかりは止めて頂きたい」

山中が怒ったような目を向けてきた。

凍《い》てついた空気がふたりの間に流れている。

華岡は表情を緩め、

「あなたが正義感のある医師だというのはわかります。患者やその家族のために死なせてやったということであれば、十分に情状酌量の余地があります。実刑にならないかもしれませんよ」

と、相手の立場に寄り添うように言った。

「ですから、私はご家族に頼まれて死なせたということはしておりません」

間髪《かんはつ》を容《い》れずに、山中は否定した。

山中に妥協は見えない。

勾留を十日請求しようと思った。その十日間で取り調べが足りなければ、さらに十日間の勾留延長が出来る。しかし、その時には処分を決定しなければならない。

「わかりました」

華岡は尋問の終わりを告げ、山中の後ろに立っている若い警察官を見て合図した。

巡査はぴしっと敬礼をすると、山中に再び手錠を掛けて、ふたりは検察官室を出て行った。

それから、華岡は被疑事実を送致書記載の事実通りだとして勾留請求書の所要事項の記入、そして署名押印をした。

それが終わると、控室に向かい、巡査に山中の身柄を横浜地方裁判所の令状部控室に連行し、勾留請求書と一件記録を窓口に提出するように頼んだ。

なかなか一筋縄ではいかなそうな相手だが、これからの十日間で確固たる証拠を見つけ出さなければならない。

華岡の気持ちが一気に引き締まった。

それから、神奈川県警の三枝尚史《さえぐさたかし》刑事に電話をかけた。送致書に三枝が取り調べを行ったと記載されているのだ。

「もしもし、地検の華岡です。三枝さんはいらっしゃいますか」

華岡は電話口の男性に山中征爾のことで聞きたいことがある旨を伝えた。

すぐに、保留になり、一分も経たないうちに、

「はい、三枝です」

と、相手が電話口に出た。

どこかドスの利いた低い声をしているが、実際に会ってみると温厚で気遣いの

出来る男だ。

「ちょっと、送致書を読んでわからなかったことがあるので、お電話しました」

「何でしょう」

「この事件を告発したのは西横浜国立病院に勤務する麻酔科の植草《うえくさ》という医師ですね」

「はい」

「ただ、田中淳の家族が山中に死なせてやって欲しいと頼んだことを濱田愛子という看護師が聞いていたのであって、植草は直接聞いていないのですね」

「そうです。濱田はこういうことを聞いたのだけど、本当に家族の要望通りにしたのであれば大変なことになると、植草に相談したそうです。そこで植草は独自に山中が田中にどういう治療をしたのかを調べたうえで、安楽死をさせたに違いないと確信を持ち、警察へ連絡をしたそうです」

「なるほど、そういうことでしたか」

華岡は電話越しに頷いてから、

「ちなみに、植草という医師はどういう人間なのですか」

と、きいた。

「去年になって、西横浜国立病院に勤務するようになりました。それまでは、武蔵野市の病院を経て、ニューヨークの大学病院にいたそうです」

「何か過去に問題を起こしたりしていませんでしたか」

「いえ、全くありません」

「西横浜国立病院でも、他の医師との関係は良好だったのですか」

「はい。特に問題はありませんでした」

「そうですか。三枝さんは植草が信用出来ると思いますか」

「ええ、嘘をついているようには見えませんでした」

「わかりました。お忙しいところ、ありがとうございました」

電話を切った。

一息ついた時に携帯電話が鳴った。

思いがけない相手に華岡は戸惑いを覚えた。

4

日本大通《にほんおおどお》りを海の方に向かって歩き、山下《やました》公園通りに進んだ。葉を枯らした街路樹の枝の間から、わずかな月明かりが降り注ぐ。華岡の目の前には、カップルが肩を寄せ合い、手をつなぎながら歩いている。そのカップルを追い抜き、しばらく進んだ。左手には山下公園と横浜港、右手には神奈川県民ホールが見える。そこを通り過ぎてすぐのオープンテラスになっている店に入った。

カフェとも、レストランとも、酒場ともつかない店であるが、店名にはビストロと名前が入っている。店内は赤が基調のソファとイスの席が並んでいて、カップルたちの甘い空気が漂っていた。

出入口の近くにいた、三十代後半くらいのウェイターが華岡の方に小走りでやって来て、

「もういらっしゃっていますよ」

と、奥を手のひらで指した。

華岡は食事をしているカップルたちの横を通り、一番奥にある壁と薄いカーテンで仕切られた席に向かった。

薄いカーテンの向こう側に、若い女の姿が映る。

細身で、透き通った肌に、目鼻立ちの整った煌《きら》びやかな雰囲気の女が顔を上げて微笑んだ。

森梢《もりこずえ》という週刊誌の記者である。

「華岡検事、急に呼び出してごめんなさい」

梢は頷くほどの小さなお辞儀をした。

「いつも通り呼べばいいのに」

華岡はそう言いながら、コートを脱いで席に座った。

「だって、随分会っていないから」

梢は口を尖《とが》らせて言った。

「君が避けていたんだろう」

「そんなことないわ。避けていたのはあなたの方でしょう？」

「いいや、君の方だ」

つい強い口調になった。

しかし、梢は懐かしい笑みを浮かべ、

「変わりはなさそうね」

と、優しい目をして言った。

華岡は視線を外して薄いカーテンを少し開き、さきほどのウェイターを目で追った。ウェイターは華岡の視線に気が付き、すぐにやって来た。

「エスプレッソをダブルで。それと、食事は適当に持ってきてくれ」

　そう注文して、すぐにウェイターがエスプレッソを持って来た。華岡は一気に飲むと、疲れていた脳がほぐれるような感覚がした。ここのエスプレッソは他のところよりも濃い。それが好きだった。

「それより、どうして連絡してきたんだ？」

　華岡は訝しげな目を向けた。

「ちょっと取材で横浜に来たから、ふと連絡してみたの」

「この間の公判について俺から何か聞きだしたいんじゃないのか」

「いいえ、元カレにそんなことするわけないじゃない」

　梢は笑いながら答えた。

「ふうん」

　華岡は本当にそうなのかなと思いながら返事をした。

　交際していたのは、一年ほど前のことだ。たった半年ほどの短い交際期間であった。出会いのきっかけはある事件で取材されたことだった。

　華岡は頭の回転が早く、機知に富んでいる梢に惹《ひ》かれた。梢は初めから積極的に華岡に誘いをかけてきて、出会ってから五日目に結ばれた。

それから、しばらくは幸せな時間を過ごしていた。

しかし、ある日、急に事件が起こったために、華岡は約束の場所に行くことが出来なかった。詫びのメッセージを入れておいたが、口論となった。

また、別の日には、梢が待ち合わせ場所に来なかった。その日、梢からは何も連絡がなかった。問い詰めたら、華岡も同じことをしたと逆に責められた。華岡はそれでも連絡はしたと言い返し、そこからギクシャクして、ふたりの関係が崩れていった。

別れてから、華岡は何度か梢に連絡を取ろうとしたが、何の反応もなかった。なので、今さら梢から連絡が来れば、なにか魂胆があるのではないかと疑ってしまう。

「あなたが横浜に赴任してから、もう四年は経つかしら?」

「そうなる」

「そろそろ、またどこかに行くかもしれないわね」

華岡は東京、福岡、長野に転勤後、四年前に横浜地方検察庁に赴任して、シニア検事として働いている。検察では、新任明け検事、A庁検事と呼ばれる若手時代を経て、シニア検事と呼ばれるようになる。

「今まであなたが起訴した事件で、一審が無罪になったものは少なかったんじゃない？」

梢が何気ない風を装ってきいてきた。

「やはり、三和田の事件を気にしているようだな」

華岡は訝しむように目を向ける。

「別に……」

梢は表情の読み取れない顔で言った。

「横浜地検を批判するつもりか？」

華岡は、つい尖った言い方になった。

「いいえ。だって、あの駒形弁護士だもの」

「どういう意味だ」

「別に」

「また別にか」

華岡は呆れたように言った。

彼女の口癖は昔と全く変わっていない。付き合い始めの頃は、ちょっと小生意気なところが可愛らしく思えたが、別れ間際には鬱陶《うっとう》しく思えてきた。

しかし、こうして話しているとそれが心地よい感じがする。

「駒形弁護士について何か知らないか」

華岡が梢の目を見ながらきいた。

「どうして、そんなことをきくの？」

梢が不思議そうに首を傾げた。

「いや、この間、友人が駒形さんはよくやるなって言ってたんだ」

「それがどうしたの？」

「わざわざ俺に向かって、そんなことを言うなんて、何かあるんじゃないかと思ってな」

「考え過ぎよ。あなたはいつもそう」

梢は呆れたように言う。

華岡は軽く梢を睨んだ。梢の言っていることもわからなくはないが、今回はどうしても引っ掛かる。本多が言うように駒形が不正を行っているのかどうかは確信が持てない。

「駒形さんのことは調べたことがないのか」

「あるわよ。うちの週刊誌も何度も駒形弁護士が弁護する人に訴えられて負けているのよ。だから、あの人の秘密を暴こうってなったんだけど」

そう言って、梢は顔をしかめて首を横に振った。

「何もわからなかったのか」

「そうねえ。数年前に奥さまが亡くなられたということと、花柳街《かりゅうがい》によく通っているとくらいしかわからなかったわ。結構、用心深いのよ」

「そうか。噂もないのか？」

華岡がそうきくと、

「逆にあなたは何か知っているの」

梢が興味深そうな目を向けてきた。

付き合っていた時、互いの仕事に干渉しなかった。ふたりとも言ってはいけないようなことがあったし、いくら知りたい情報でもふたりの関係性を考えてきかなかった。

「あっ、駒形法律事務所のパラリーガルなんだけど」

梢が突然思い出したように声をあげた。

すぐに、自分の声の大きさが気になったようで、

「なんだか探偵みたいなのよ」

と、辺りを見回しながら声を潜めた。

「探偵みたいって？」

「色々なところに人を派遣して、調査させているそうよ」

「それくらい、他の弁護士事務所でもしているだろう？」

「でも、レベルが違うの。ずっと付け回したり、張り込みをしたりするの」

駒形のことだから、法律は熟知しているだろうし、違法行為まではしないだろう。だが、必要以上に証人に付きまとうのは気にかかる。

その話が本当であれば、当然証人の田中真司のことも調べているはずだ。

すると、何か田中のことで弱みを握っているのかもしれないとも考えられた。

「お待たせいたしました」と、ウェイターが料理を運んできた。

ふたりはワインを呑みながら食事をした。その間は、今まで会っていなかった間に何があったのかという報告をしあった。梢は週刊誌の契約記者から、正社員になったそうだ。

「いま恋人はいるの？」

梢が急にきいてきた。

「いない」

「どうして？　モテるでしょう」

「仕事が忙しくて、恋愛をしているどころじゃない。それに女は懲《こ》り懲《ご》りだ」

と、華岡はつんけんと答えた。

自分でも本当の気持ちはわからなかった。梢と別れて、想いが吹っ切れてから何人かとデートをしたが、誰とも二度目のデートはしなかった。一緒にいても、しっくりくるひとがいなかったのだ。梢と別れる間際、華岡にとって梢と一緒に過ごしている時間は居心地がよいものではなかった。それなのに、今はとても居心地がよく感じる。

「君はどうなんだ？」

今度は華岡がきいた。

「私も男に懲りたわ」

梢が妙に色っぽい笑顔で答える。

食事をしている姿を見たが、今日はなぜか胸が高まった。

それから、二時間くらいして席を立った。

華岡は会計を済ませ、外に出た。

「この後……」

と華岡が切り出した時、梢のバッグのなかから着信音が鳴った。

「電話に出ていいかしら」

梢は断ってから携帯電話を取り出して、電話に出た。華岡は手でどうぞと勧めるようにして、梢から離れた。

「ごめんね」

と、三分くらいして梢が戻ってきた。

「大丈夫か？」

「ええ。すぐに社に帰らなくちゃいけなくなって。それより、さっき何か言おうとした？」

梢はそう言いながら、通りをチラチラと見た。

「いや、何でもない」

華岡は空車のタクシーが通りかかったので、手を挙げて停めた。

後部座席の扉が開き、梢の背中を押すようにタクシーに誘導した。

「今日はご馳走さま。また会って話したいんだけど」

「もちろん」

扉が閉まった。

窓ガラスの向こうで、梢が運転手に行き先を告げている。

すぐにタクシーが進みだした。

梢は車内から手を振っていた。

華岡は軽く手をかざし、タクシーが過ぎ去るまで見送っていた。梢が何か、自分から探り出そうとしているという疑念は拭いきれなかった。

5

翌日の昼過ぎだった。

華岡は自席で別の事件の調書を見ながら、ふと今朝の出来事を思い出していた。官舎から横浜地検に来る途中、五、六歳の男の子を連れた父親がしりとりをしながら歩いていた。

三十年前に父としりとりをした記憶がある。場所は病室だった。見舞いに行った時、その日にあった出来事を話したが、それが尽きるとしりとりを始めた。どちらも「ん」が付かないものを答えるから、何十日にも亘《わた》ってしりとりが続いていた。

ある日の別れ際に、華岡がパトカーと答えて、次に持ち越されることになった。

しかし、このしりとりの続きをすることはなかった。

そんなことを思い出していると、電話が鳴った。

脇の席に座っていた本多が受話器を取った。

「……、わかりました」

本多が電話を切り、

「田中淳さんのご家族の方がいらっしゃいました」

と、華岡に告げた。この日、田中淳の家族から事情を聞くために呼び出していた。

「この田中真司って……」

本多が首を傾げた。

「そうだな。同姓同名かな」

華岡は軽く答えた。

しばらくして、華岡の検察官室の扉が、ノックされた。

本多が席から立ちあがって、扉に向かった。

扉がゆっくりと開く。

「失礼します。田中淳さんのご家族の方がいらっしゃいました」

係官が言った。

俯き加減に、白髪交じりの中年の男が入って来た。

華岡は思わず目を剝《む》き、本多も軽く声を上げた。

三和田明の事件で証人として出てきた田中真司であった。

「お座りください」

華岡は席を勧めた。

これは偶然なのだろうか。不思議な因縁を感じた。

「三和田明さんの事件で、証人としてここでお会いしましたね」

「別の事件のことはちょっと」

田中は伏し目がちに答えた。

「そうですね。では、さっそく本題の方に入ります。まず、あなたの名前を仰《おつしや》ってください」

華岡は型通りにきいた。

「田中真司です」

「ご職業は何ですか」

「銀行員です」

本多が脇でパソコンに会話の内容を入力している。

「あなたの息子さんが、マンションから転落し、意識不明で西横浜国立病院に運ばれましたね」

華岡は調書に目を落としてきいた。

「はい」

田中が頷いた。

「担当医は誰でしたか」

「山中征爾医師でした」

「西横浜国立病院に運ばれて来た時の様子を教えてください」

「すでに心肺停止状態で、さらに持病の喘息もあるので、医師からは危険な状態であると言われました」

「具体的にどのような治療を行ったのですか」

「人工呼吸器と気管内チューブをつけました」

「その処置をしたら、どうなりましたか」

「意識は回復しないものの、呼吸は出来ていました」

「すると、生命は維持出来る状態だったのですね」

「そうです。その後容態が安定したために人工呼吸器を外したのですが、気管内チューブはまだ抜けませんでした。高気圧酸素治療というのを試してみましたが、意識は戻りませんでした。その後、さらに重症気管支肺炎になったりして、このままでは長くないと言われました」

田中はその時の様子を語った。

山中から聞いた通りのことを語っている。

「あなたは山中医師が最善を尽くしたとお思いですか」

「はい」

「まだ他にも試すべき治療があったとは思わなかったのですか」

「ほんの少しの間の延命治療ならあったかもしれません。ですが、根本的に治すのは難しかったと思います」

「それはあなたの意見ですか」

「そうです」

「山中医師もそう言っていましたか」

「ええ」

田中は淡々と答える。

「山中医師から言われたからそう思ったのではないのですか」

「いえ、それもあるかもしれませんが、実際に自分の目で苦しむ息子を見て、そう思いました」

「淳さんはどのくらい苦しそうでしたか」

「かなり、苦しかったと思います。意識はなかったですが、痛みを感じている様子がありました」

田中は少し言葉を詰まらせた。

「家族として、見ていて辛かったですか？」

「ええ」

「死なせてやりたいと思ったのではないですか」

華岡は核心を突く質問をした。

「いえ、出来ることならば私が代わってやりたいと思いました」

田中はこちらの聞きだしたいことを察知したのか、避けるような言い方をした。

「しかし、それは現実には不可能ですよね。楽にしてやりたいと思ってはいませんでしたか」

「楽にしてやりたいと言うと、色々語弊《ごへい》がありそうですが、苦痛を取り除いてやりたいとは思っていました」

「苦痛を取り除くのと、死なせるのとは違うことですか」

「はい、全く」

「その違いを教えてください」

「苦痛を取り除くというのは、生きている中で痛みを伴わない状態にしてやるということです。死んでしまっては元も子もないですから」

田中は最後の言葉に力を込めて言った。

まるで、予《あらかじ》め決められた台詞《せりふ》のようにも聞き取れた。

「でも、もう治らないということはわかっていたんですよね」

華岡は確認した。

「ええ。息子はすぐに死ぬかもしれませんでしたが、死ぬまでの間は苦痛を伴って欲しくないという思いでした」

筋弛緩剤を使用して痛みを取り除こうとしたと山中は言っている。

「もし、それが出来ない場合にはどうしたかったのですか」

「……」

田中は考えるように、黙った。

そして、しばらく経ってから、

「出来ないということは現代の医学を以《もっ》てして、ありえないと思っていました」

と、答えた。

今まで調子よく答えていただけに、間があるのは予め用意していた答えではなかったのではないだろうか。

「淳さんは血痰があふれ出たそうですね」

「はい」

「その時に、可哀想に思って死なせてあげたいと思い、山中医師に死なせてやって欲しいと頼んだのではないですか」

華岡は田中の目をしっかりと見てきいた。

「そんなことはしません」

「でも、その会話を聞いていた看護師がいますよ」

「他の患者の家族と聞き間違えたのではないのですか?」

田中は、しかめ面をした。

警察でも同じように答えている。

「次男の良さんが死なせて欲しいと山中医師に頼んだと証言しましたよね」

「あれは勘違いだったと本人も訂正しています」

「なぜ勘違いしたのでしょうか」

華岡は矢継ぎ早にきいた。

「私が苦痛を取り除くという意味で、楽にしてやって欲しいと山中先生に言ったのです。それを死なせてやって欲しいと捉えたのです」

「本人がそう言っていたのですか」

「ええ」

「でも、警察ではそこまで言っていなかったですよね？」

調書だと、一度は家族が山中に死なせてやって欲しいと頼み、その後に否定している。その理由をただの記憶違いだったと言い、田中が述べた詳しい理由までは言及していなかった。

「私が家に帰ってから、本人にきいたらそう言っていたのです」

田中は答えた。

華岡は首を傾げて、納得出来ないと暗に伝えた。

それから、田中に必要なことはきいたが、期待出来る答えはひとつもなかった。

少しでも三和田明の事件について触れると、「今回ここに来た理由とは関係ありませんから」と突っぱねた。

華岡は田中に対する疑念が増していった。


それから二時間後、山中征爾が検察官室に連れてこられた。

互いに向かい合って座ると、昨日と変わらない落ち着いた表情をしているのが見て取れた。

「山中さん、さきほど田中真司さんからお話をききました」

「そうですか」

「次男の良さんが以前証言した、田中真司さんがあなたに、淳さんを死なせてやって欲しいと頼んだことに関してききました」

「……」

「もう一度おききします。本当に頼まれていないんですね」

「ええ」

「しっかりと思い出してください。非常に大事なことですので」

華岡は釘を刺した。

「嘘はつきません」

山中は睨むように答えた。

「では、気管内チューブを抜いたあと、田中真司さんに淳さんのことで何か言われましたか」

「楽にしてやって欲しいとは言われました」

「あなたは楽にして欲しいというのはどういう意味だと捉えましたか」

「苦痛を取り除いて欲しいという意味です」

「それは死なせて欲しいという意味とは違いますか」

「全く別物です」

田中の言っていることと同じだった。

もしかして、ここでふたりの供述が割れるかとも期待したが駄目だった。

だが、山中くらいの医師であれば、全て見通して、田中と話し合っていたかもしれない。

華岡が次の質問をしようとした時、

「検事さん」

山中から声をかけてきた。

「何でしょう？」

「この事件には裏があるとは思いませんか」

「裏？」

「事件のことは、病院側から警察に伝わったわけでもないでしょうし、もちろんご家族からでもありませんよね？」

「……」

華岡は何も答えなかった。

「私の同僚だった植草という医師が密告したそうですね」

調書にも植草という名前はあった。だが、看護師が死なせてやって欲しいと聞いたことを受けて、植草が代わりに警察へ通報した。

「その植草さんが何か？」

華岡はきいた。

「植草というのは、私を恨んでいる男です。私を陥れようとしたに違いありません」

山中がはっきりと言った。

「でも、それはあなたの憶測ではありませんか」

「いいえ、彼は過去にも私を毛嫌いして、深刻な病状の患者でも担当を回さなかったり、例をあげれば切りがありません。今回も私を病院から追放するために、告発したはずです」

山中の目に怒りがこもっていた。

「だからと言って、あなたが安楽死をさせていないという証拠にはなりませんよ」

「いいえ、看護師に嘘の供述をさせたということです」

急に今まで言わなかったようなことを主張してくる。

とりあえず、看護師のことなどには触れない方がいいと思った。

あとで、神奈川県警の三枝刑事にきくなり、本多に調べさせよう。

「話は戻りますが、気管内チューブを抜いてから田中淳さんが苦しんでいる姿を見て、あなたはどう感じましたか」

華岡は咳《せき》払いをしてからきいた。

「私の職業では見慣れている光景ですが、可哀想で仕方ありませんでした。出来る限り、痛みの緩和に努めようと思いました」

「早く死なせてあげた方が楽になるとは考えなかったですか」

「……」

　山中は答えない。

「筋弛緩剤を使用するといったことはあなたの方から提案されたのですか」

「何度聞かれても同じですが、ご家族の方から痛みを緩和して欲しいと言われたので、私がその方法を思いつきました」

「では、痛みが緩和出来ない場合にはどうするつもりでしたか」

「現代の医療で痛みが緩和出来ないということはありません。他にも試すことはありました」

　山中ははっきりと言った。

「では、おききしますが、たとえ植物状態になった人でも意識というのはあるのですか」

「それは難しい問題です」

　山中はわずかに口を歪めた。

「教えてください」

　華岡は目を逸らさなかった。

「四半世紀にわたる認知神経科学分野の先駆的な研究によると、植物状態の人の十五から二十パーセントは完全に意識があるという研究もあります」

「では、肉体的に痛みが緩和出来たとして、心的に耐えがたい苦痛を取り除くことは出来ますか？」

「患者次第です」

「ということは、出来ない場合もあるということですね」

念を押すようにきいた。

「ええ」

やや小さな声で、山中が答える。

「そうすると、田中淳さんの場合にも、心的苦痛があったのでしょうか」

「それは本人でなければわからないでしょう」

山中は突き放すように言った。

「あなたの過去の論文を読むと、植物状態の患者も心的苦痛を感じており、無意味な延命措置は止めるべきだと書いてありますね」

華岡は論文のコピーを手に持った。

「……、はい」

山中は何か考えたあとに頷いた。

「もう一度おききします。田中淳には心的苦痛があったと考えますか。イエスかノーかで答えてください」

華岡は問い詰めた。

「実際に、田中さんのような場合において意識がない場合も多いでしょう。私には本人のことはわかりません」

「実際どうだったのかというより、あなたがどう思っていたのかをおきかせください」

「……」

今度は何も答えない。

「最後におききしますが、今までに似たような処置をして患者を死なせたことがありましたか」

華岡は静かにきいた。

「……」

山中はそれに答えず、

「検事さん」

と、言い出した。

「何ですか」

「弁護人をつけることにしました」

山中がポツンと言った。

「そうですか。ちなみに、どなたですか」

華岡はきいた。

「駒形惇一郎弁護士ですよ」

山中は心なしか余裕の表情を浮かべているように見えた。

頭の中に、「被告人は無罪」という三和田明事件の裁判長の言葉が蘇った。

華岡は胸騒ぎを覚えた。

本多も啞然としていた。

第二章　証言

1

　昼の休憩時間に近づいていたが、山中征爾の取り調べは続いていた。

「検事さん、何度も言っているように筋弛緩剤を使用したのは正当な医療行為で、田中さんを死なせるためではありません。それに、私はご家族から何も頼まれていません。植草医師が私を貶《おとし》めようとして嘘の告発をしているんです」

「植草医師が貶めようとした証拠は？」

　華岡がきいた。

「私にも、病院にも言うことなく、一方的に警察に告発しました。そこに何か意図があるんじゃありませんか」

「その意図とは何でしょう？」

「元々、私と彼とは医療についての考え方が違いますから、私のやり方が気に食わないのでしょう」

「看護師の濱田愛子さんは、あなたが田中淳さんの父親から死なせてやってくれと相談を受けているのを聞いています。濱田さんも嘘をついているのですか」

「勘違いだと思います。だって、田中さんの次男も勘違いだったと後から言っているそうじゃないですか」

山中は落ち着き払っている。

これ以上尋問しても、何も進展がなさそうだと華岡は思った。壁の時計の針が十二時を回っていた。

「わかりました。今日はこれで」

華岡は取り調べを終えた。

検察事務官の本多がいま作った調書を山中に渡した。山中は目を通して、サインをして部屋を出て行った。

「今のままでは、どうも決め手に欠けますすね」

本多が苦い顔で言った。

「山中は安楽死を認める考えの持ち主だ。だからといって、安楽死をさせたとは言い切れないが、彼は必ずやっている」

華岡は気負って言ってから、立ち上がった。

本多は机の上に置いてあった『判例通信』という雑誌を開いた。

「何か調べものか」

華岡がコートを羽織りながらきいた。

「いえ、ちょっと確かめたいことがあって」

「ちょっと出てくる」

「お出かけですか」

「たまには山下公園の近くにあるイタリアンレストランにでも行こうと思う」

華岡はそう言って部屋を出た。

外は今にも雪が降りだしそうな空模様で、吐く息も白く見えた。

あまりに寒かったので、イタリアンレストランに行くのはやめて近くのコンビニでミートソーススパゲティーを買って帰った。

部屋に戻ると、

「華岡さん、早いですね」

本多が不思議そうにきいた。

「寒かったからコンビニのスパゲティーにした」

「そうですか。これを見てください」

本多が『判例通信』の開いたページを見せてきた。

二〇〇八年に武蔵野市のある病院で、回復の見込みがない末期がんの患者に対して、本人と家族の同意の下、呼吸器を外したというものだ。はじめのうちは病院がその事実を隠蔽していた。しかし、事実が明るみに出たあと、病院は延命治療の中止だったと主張したが、結局は安楽死事件として起訴された。

裁判の結果、有罪判決を受けた。また同じ病院でそれ以前にも別の四人の末期がんの患者に同様な処置を行っていたことがわかった。これらについては不起訴になっていた。

全てにおいて藤枝幸吉《ふじえだこうきち》という担当医が関わっている。

「植草さんの経歴を調べてみると、ちょうどこの時期に、そこの病院に勤務していました」

「なるほど。そういうことから、安楽死については敏感になっていたかもしれないな」

華岡は席に座り、スパゲティーを食べ始めた。

本多は『判例通信』を机の脇に置き、鞄の中から弁当箱を取り出した。本多はいつも自分で弁当を作ってくる。

午後一時過ぎに内線電話が鳴った。

本多が受話器を取り、応対をした。

「華岡さん、植草さんが来られたみたいです」

本多が言うと、華岡は腕時計を見た。

「一時半の予定だったのでは？」

「そうですが、早くいらっしゃったみたいです。待ってもらいますか」

「いや、もう通しても構わない」

「わかりました」

本多がその旨を電話口で伝えた。

やがて、扉がノックされた。

「どうぞ」

恰幅《かっぷく》がよく、物腰の柔らかい五十過ぎの男が入って来た。

「どうぞ、お座りください」

植草が対面の席に座った。

華岡は型通り相手の名前と生年月日などを確認してから、さっそく本題に入った。

「警察でも仰って頂いたと思いますが、私の方からも告発の経緯をおききしたいのですが」

「はい。私が勤務している病院の外科で働いている濱田愛子という看護師が、田中淳さんのご家族が山中さんに死なせてやってくれと頼んだのを耳にしたのです。そして、その後、患者の容態が悪化し、死亡したので、彼女はおかしいと思って私に告げてきたのです」

「濱田愛子さんはどういう方なのですか」

「ベテランの看護師で、人望もあり、正義感が強いです。彼女の言うことは信用出来ます。他の医師にもきいてもらえばわかります」

植草が自信に満ちたように言った。

「では、濱田さんから聞いた時点で安楽死をさせたと考えたのですか」

「はじめ、私は何かの間違いだろうと思い、何度も濱田に確かめました。しかし、濱田は絶対に聞き違いではないというのです。それで、患者に対してどういう処置がなされていたのか調べてみたんです。そうしたら、怪しい点がいくつかありましたので、警察に連絡させていただいたんです」

「怪しい点というのはどんなことですか」

「気管切開を行わなかったことなどもありますが、特に筋弛緩剤を使ったことが気になりました。普通、手術の際に筋肉の力を抜くために使用することはありますが、余命幾ばくもない患者が苦しんでいる時に使用するというのが気になりました。使用により死亡することも考えられます」

「筋弛緩剤を使うというのは、誰が見てもおかしいと思うのですか？」

「はい、私はそう思います」

植草は力強く頷いた。

「しかし、痛みを和らげるために筋弛緩剤を使うこともあり得るんじゃないですか」

警察が田中淳のカルテを権威のある医者数名に見せたところ、筋弛緩剤の投与について、通常はしないが状況によっては投与してもおかしくないという意見と、使用すべきではないという意見に分かれた。

「そうかもしれませんが、山中医師の下で働いているスタッフに確かめたら、山中医師はほとんどそういう処置はしないと言っていました」

「なるほど。植草さんはそれで、山中医師が故意に死亡させたのだと考えたんですね」

「そうです」

「そのことについて、山中医師に確かめたのですか」

「いいえ」

「どうしてですか」

「本人が否定するのは、わかっていましたから」

「では、警察に真っ先に通報したのは何のためでしょうか」

「もちろん、法律に反することをしていたからですよ」

植草は当然だと言うように答えた。

「警察に通報する前に、病院の誰かにこのことは話しましたか」

「いえ……」

「どうしてですか」

「病院の体質と言いましょうか。十二年前に私がいた病院で患者と家族の意向に従って呼吸器を外し、安楽死させた事件があったんです。その時にも、当初病院側はその事実を隠していましたが、事実が明るみに出たので、安楽死ではなく延命治療の中止だと発表しました」

「その件は……」

華岡は本多を見た。さきほど、本多が言っていた事件だ。本多は机の引き出しから『判例通信』を取り出し、そのページを開いて植草の前に置いた。

「この事件ですよね」

と、華岡が確かめた。

「そうです、これです。この時に、病院側に隠蔽体質があるとわかっていましたので、まず警察に連絡させていただいたんです」

「病院に報告しないことで、いま現在、あなたの立場は悪くなっていませんか」

「批判する医師もいますが、正しいことをしたのですから、問題ないと思っています」

「あなたは山中医師と医療に関する考え方が違っていたことで、よく衝突していたとお聞きしましたがどうなんでしょう」

華岡は相手の目をじっくりと見た。

「ただ単に医学的見地が違っただけです。相手の人格を攻撃するようなことはありません」

植草は落ち着いて答えた。

「では、個人的な問題は何もありませんね」

華岡はゆっくりときいた。

沈黙があった。

しばらくして、

「正直に申しますと、山中医師は得意なタイプではありません。だからと言って、それが理由で告発したわけではありません。たとえ、親しい医師であったとしても、同じことをしていれば、告発していました」

と、植草ははっきりと答えた。

事情聴取はここで終了した。

植草が去ってから、

「植草さんの言うことにも一理ありますね。植草さんが山中医師を不審に思ったのは納得出来ますし、なぜ病院ではなく警察に先に連絡をしたのかということにも説明がつきます」

と、本多が感想を述べた。

「ふたりの間に問題があろうとなかろうと、本件とは関係ない。筋弛緩剤の投与だけでは、やはり故意に死なせたと断定するには証拠が弱い。こうなると、濱田愛子の証言が重要だ」

濱田愛子については、警察の供述調書を読んだだけだ。

華岡は濱田愛子の供述調書のコピーを取り出した。

――私がたまたま面会室の前を通った時に、山中先生と田中淳さんのご両親と弟さんが話をしていました。その時に、お父さんが山中先生に死なせてやって欲しいと言っていました。その後、患者の容態が急変して亡くなったので、不審に思い植草先生に相談しました。

濱田は警察にそのように供述した。田中真司は否定したが、次男の良は濱田が言うように死なせてやってくれと父が頼んだと証言した。だが、その後、良は証言を翻《ひるがえ》している。この点も気になる。

「この濱田の証言について、本人から直接事情を聞く必要があるな」

華岡は本多に告げた。

安楽死事件を一旦離れ、もうひとつ抱えている難題に向かった。三和田明の事件の、新たな証拠を見つけなければならない。

2

瞼《まぶた》の向こう側に光を感じ、華岡は目を覚ました。

リクライニングチェアを最大限に倒して、眠っていた。ブラインドカーテンを開け、外を見ると眩《まばゆ》い光が一気に差し込んだ。

一瞬、目の前が真っ白になった。

昨夜は遅くなり、気が付くと午前一時になっていたので、そのまま自室に泊まった。

頭がぼうっとする。学生時代には三日寝なくても、頭がはっきりしていたが、もうそんな歳ではないらしい。

一度部屋を出て、共用の流し台に行き、湯沸かし器に水を注ぎ、スイッチを入れた。沸騰するまでの間に、自分専用の細かい粒状になっているインスタントコーヒーの瓶とマグカップを棚から取り出した。

マグカップに小さめのスプーン三杯分のインスタントコーヒーを入れた。湯が沸き、マグカップの半分くらいまで湯を入れて濃いコーヒーを作った。

その場で一口だけ飲み、あとはマグカップを持って自室に戻った。

席に座り、広げっぱなしの三和田明の事件の裁判資料を読み始めた。

昨夜からこの資料をずっと読んでいる。何か見過ごしている点はないかを探るためであった。

しばらくして、華岡のデスク上の電話が鳴った。

本多がまだ出勤していないので、華岡本人が受話器を取った。

「あ、華岡検事ですか」

耳障りな乾いた声がした。

「そうですが」

「山中征爾の弁護人の駒形です」

相手は名乗った。

「駒形先生？」

華岡は警戒した。

「朝早くからすみませんが、山中医師は安楽死などさせていません。山中医師は優秀な医師で、診《み》ている患者もたくさんいるんです。いたずらに時間を無駄にして、拘束するのは患者にとって不利益です。そこら辺も考えてください。このまま勾留を続けるのは人権侵害ですよ」

駒形が一方的に抗議した。

「正当な手続きを踏んでいますので」

華岡は丁寧に返した。

「山中征爾さんも散々訴えていると思いますが、告発した植草医師を信用しない方がいいですよ」

「どういうことです？」

華岡は呆れながらきいた。

「インターネットのニュースでも見ておくといいですよ」

「ネットニュース？」

華岡はきき返した。

「では」

駒形はいきなり電話を切った。

気になって、インターネットのニュースを探ってみた。

すると、『週刊エックス』のウェブ版の記事に「嫉妬医師のでっち上げ安楽死事件」とタイトルが付けられていた。

華岡は驚いて記事をクリックした。

ぼかしてあるが、植草医師が親しげに女性と頬を寄せ合って写っている写真が掲載されている。さらに、その女性と山中のツーショット写真も添えられていた。

記事の内容は、妻子持ちの植草医師と不倫していた同病院の看護師が、後に独身の山中と付き合うようになり、植草は嫉妬をして、延命治療の中止を安楽死事件として警察に告発したというものだった。

華岡は呆然とした。

「華岡さん」

急に呼びかけられた。

振り向くと、本多が部屋にいた。

「どうしたんですか？　そんな顔をして」

「いま駒形弁護士から植草医師のことで電話があったんだ」

華岡はパソコンの画面を本多に見せた。

「あ、これですか。私も見ました。でも、本当でしょうか」

「こうやって写真が出ている以上、可能性は捨て切れないだろう」

華岡は静かに答えた。

「この女性って、まさか濱田愛子じゃないでしょうね」

「どうだろう」

「だけど、警察が捜査をした時だって、これくらい調べようと思えば調べられたはずですよね。おかしいですね」

本多は納得のいかない顔をしている。

壁の時計は午前九時を示している。

今日は午後一時から窃盗犯の被疑者の取り調べがあるが、西横浜国立病院に行って帰って来られると思った。

「今から植草さんに会ってくる」

一時間後の午前十時。

華岡は西横浜国立病院の総合受付にいた。ここに来る途中、植草に電話をして、週刊誌の記事の件で話をしたいと伝えた。植草にしても、記事は青天《せいてん》の霹靂《へきれき》だったようで、誤解を解きたいからすぐに会いたいと言ってきた。

「植草さんに横浜地検の華岡が来たと伝えてください」

受付の女性に伝えた。

「はい、そちらでお掛けになってお待ちください」

ソファに座りしばらくすると、白衣を着た厳しい顔の植草がやって来た。

「すみません。こちらへ」

と案内されたのが、同じフロアにある広い会議室であった。長テーブルをいくつも繫いで長方形に囲むように並べられていた。

ふたりは端の方に隣合わせて座った。

「あんな記事が出ているとは全く知りませんでした」

「あの記事の内容は事実ではないのですね」

「ええ、全く事実無根です」

植草は強い語気で言った。

「ちなみに、一緒に写っていた女性は誰ですか」

「外科の看護師の秦《はた》めぐみです。しかし、何も関係ありません」

植草は繰り返し否定した。

「あの写真を見る限り、誤解されかねませんよ」

「あれは新年会で偶然撮られた写真です。私は彼女とは男女の関係はないですよ。酒も入っていましたし、何かの拍子で顔が近づいただけなんです」

植草は困り果てたように眉を寄せている。

彼は関係ないと主張しても、不倫の事実があったかのように裁判で言われてしまえば、裁判員や裁判官の印象は悪くなるだろう。

「秦さんはいまいらっしゃいますか」

華岡はきいた。

「はい、連れて来ましょうか」

「お願いします」

植草は会議室を出て、五分後くらいに若い看護師を連れて戻って来た。

二十代後半くらいで、愛嬌のある顔だった。形のいい腰の曲線で、ナース服から細い足がすらりと伸びていた。

秦は華岡の横に体を向けて座った。

「『週刊エックス』のウェブ記事をご覧になりましたか」

華岡は秦にきいた。

「はい。病院に来て、同僚に聞かされました」

秦は困ったような顔をして答えた。

「あなたは本当に植草さんとは男女の関係はなかったのですね」

と、華岡が単刀直入にきいた。

「はい、あの写真は去年の新年会の時に、居酒屋で撮られたものです。他にも同じ外科のスタッフがいましたから、植草先生とはそういう関係にないというのはわかってくれると思いますが」

植草と秦は示しあわせて芝居をしているのではないかという点を考慮しながら、華岡は質問を続けた。

「ちなみに、山中医師とはどうだったのですか」

「山中先生とは……」

秦が口ごもった。

「関係があったのですか」

華岡が問い詰めた。

「はい。でも、山中先生も独身ですし、本気で交際しておりました」

秦は顔を俯けて答えた。

「えっ」という植草の声が漏れた。

「その関係は終わっていますか」

「今年の夏に別れました」

「あの『週刊エックス』の写真を持っているのは、あなたと山中医師だけですか」

「はい。ですが、山中先生は週刊誌に写真を渡すようなひとではないと思っています。なので、もしかしたら誰かに渡した写真が週刊誌に回っていったのかもしれません」

　秦は本当にそう信じているような口ぶりだ。

「山中医師との交際を知っているひとはどのくらいいましたか」

「わからないです。私の口からは言っていませんでしたが、特別隠していたわけではありませんし、病院の近くでふたりきりで食事をするようなこともありましたので」

「ちなみに、山中医師とのツーショットは、植草さんとの写真より前に撮ったものですか、後ですか」

「後のはずです」

「そうですか……」

それなら、植草が山中に女を取られた仕返しをしたとも説明出来てしまう。

「でも、私と植草先生の間に何も関係がないと、外科のスタッフは言ってくれるはずです」

秦は自信をもって言った。

「そこにいた全員が、そういうことはなかったと証言してくれますか」

華岡は確かめた。

「いえ、全員とは……」

秦は口ごもった。

「どういうことだ」

華岡がきく前に、植草が口を挟んだ。

「一緒に働いていたスタッフに、私のことを毛嫌いしているひとがいたんです。そのひととは口喧嘩もしたことがあって、ありもしないことを言われたんじゃないかとも思います。もっと言えば、彼女が今回『週刊エックス』に密告したのではないかとも思っているんです」

秦は唇を嚙んだ。

「その方はもういないのですか」

華岡が優しい口調できいた。

「ええ、他のスタッフと揉め事を起こして辞めました」

「その方以外は大丈夫ですね」

「そう思います」

秦は若干曖昧に答えた。

病院内でも、人間関係が複雑に入り乱れているなと、華岡は半ば呆れた。この件を駒形弁護士に利用される恐れがある。とにかく、ふたりの言うことが事実かどうか調べる作業はこれからだ。そう思いながら、病院を後にした。

3

横浜駅から東海道線に乗った華岡は、後ろから押されるように新橋駅の二番線ホームに降りた。

ホームの端から銀座方面が見える。新聞社、カラオケ施設、ドラッグストアのビルの窓ガラスに眩い夕陽が反射していた。

大勢の利用客にまぎれ華岡が階段を降りていると、携帯電話が鳴った。

三島篤史からだった。

「もしもし」

「すまん、ちょっと前の打ち合わせが延びてしまって、一時間くらい遅れそうだ」

「わかった。急がなくても平気だ」

華岡はそう伝えて、電話を切った。

腕時計を見た。

早めに着いたので、空き時間が一時間半もある。待ち合わせは五、六年前に出来たホテルのバーラウンジだ。ここから電車を乗り継いで一駅、歩いても二十分かからない。

数日前、たまたますれ違った時に、「駒形さんもよくやるな」と言った言葉が気になっていた。その真相を確かめるつもりで、華岡の方から電話して会うことにした。

三島とは、学生時代から高級ホテルのバーで呑むことが多かった。たまには庶民的な赤提灯《あかぢょうちん》にも行ったが、どこで呑むにしても三島が会計を持ってくれて、華岡は一円たりとも払ったことがなかった。しかし、検事になってからは割り勘にしている。それでも、華岡の分を支払ってくれた時には、後でその金額に見合うお返しをしている。

華岡は新橋駅の烏森口《からすもりぐち》を出て、外濠環状線の方に進んだ。そこから虎ノ門の方に真っすぐ行くと、待ち合わせのホテルが聳《そび》え立っている。最近、よくあるようなオフィスが下層階に併設されていて、上層階が客室となっているホテルだ。

華岡はそのホテルに向かう途中にあるチェーン店のカフェに入ってみた。しかし、空席がなかった。近くにもう一軒カフェがあり、そこも覗いてみたが満席だった。

とりあえずホテルに向かいながら、赤信号の交差点で、ふと母がこの近くの病院に入院していることを思い出した。

義父の宏にも、見舞いに行くと約束をしている。

足が重いが、どうせならこれから行ってみようと腹をくくった。

入院先の病院を宏からのメールを開いて確かめた。

そこに書かれている病院名をインターネットで検索すると、やはりすぐ近くにあることがわかった。

華岡は通りに目を向け、空車のタクシーに手を挙げた。

ドアが開き、「近くて申し訳ないのですが」と乗り込んでから病院名を伝えた。

「いいえ、気にしないでください」

六十歳近くの東北訛りの運転手が柔らかい口調で答え、タクシーを走らせた。

ものの五分で、その病院に着いた。

車寄せとタクシー乗り場がある大きな病院で、十階建てくらいの比較的新しい外観だった。中に入ってみると、さきほど入れなかったチェーン店のカフェが併設されている。

そのカフェを通り過ぎ、総合受付に行き、

「華岡由美子の親族ですが、病室を教えていただけますか」

と、華岡は受付で名前を告げた。

「五二一号室です」

受付の中年女性に伝えられた。

華岡は天井から下がった案内板通りに進み、エレベーターを使って病室まで行った。

食べ終わったのであろう食器をワゴンで運ぶ若い女性の看護師とすれ違いざま

に挨拶した。

華岡は五二一号室の前で足を止めた。

四人部屋で、病室前の壁には華岡由美子という名札が掛かっていた。他にふたりの名前が掛かっていた。

華岡は病室に入る前に深呼吸してから、中に足を踏み入れた。

室内は静かだった。

ただ、軽い寝息がふたり分聞こえてくるだけである。出入口近くの右側のベッドには誰もいなかった。その奥のベッドで、髪の毛が抜け落ちて頭皮が露わになっている八十歳過ぎに見える女性が、顔を華岡に向けて何を言う訳でもなくにこりと笑った。それが妙に心に穏やかに響いた。

華岡はにこりと微笑みながら、その女性の向かいのベッドを見た。

薄暗いビルの裏側が窓から見える。窓から入る微かな街明かりを浴びて、母の由美子は真上を向いて寝ている。

足音を立てないようにゆっくりと傍に寄った。

母が起きる気配はない。病床についていて、あまり動いていないからか、布団から覗いている手足がパンパンにむくんでいるように見えた。頰はこけ、目の隈は濃かった。

華岡はベッドの横に置いてあった背もたれのない簡易椅子に座った。

そしてあらためて顔を覗き込むと、こんなに衰えてしまったのかと胸に突き刺さるものがあった。

ふと、昔よく作ってくれた料理の味を思い出した。料理が得意だった母は、カレーにしてもスパイスを多用して作り、さらに種類も豊富で華岡を飽きさせないような工夫をしていた。母の弁当もまた格別に美味《おい》しかった。友達に食べさせて、美味しいと褒められるのも誇らしかった。

自分の美容のことなどは気に掛けないで、華岡のことだけを常に思ってくれるいい母親であったと思う。

三十年前、母が父の担当医に言った「楽にしてあげてください」という言葉が蘇る。母は何も、父を憎くて死なせたわけではないことはわかっている。ただ、父を殺したことには違いないのだと、怒りが湧いてくる。

それ以外は本当に優しい母親なだけに、何だか複雑な気持ちになる。子どもの時には甘えられなかったし、大人になってからは極力会わないようにしていた。あまりここに居ても、心苦しくなるだけなので、置手紙でもしてから帰ろうと思った。鞄からメモ帳を取り出し、スーツの内ポケットからペンを取り出した。

その時、母の目が僅《わず》かに開いた。

「あっ、来てくれたのね」

母は掠《かす》れた声を漏らし、すぐに目を丸くした。目を開いていると余計に痩せこけて見える。華岡はメモ帳を鞄の中にしまった。華岡は何と言っていいのかわからなかった。しばらく、母と目が合ったまま口ごもった。

母が苦しそうな顔をして体を起こそうとしていたので、華岡は慌てて手を添えた。

「寝たままでいいのに」

「ううん、ちゃんと徹の顔が見たいから」

母はベッドに手をついたが起き上がれなかった。その後、手を差し伸べて、弱い力だがぎゅっと華岡の手を握った。

「こんな姿だけど、見た目より元気なのよ」

母は、か細い声で答える。

「それならいいんだけど」

華岡は母が無理しているのではないかと思えた。昔から、自分の弱さを見せないところがあった。いくら風邪を引いていても、華岡の前では気丈に振る舞っていたし、一言も弱音を吐いたところは見たことがない。

ごほごほと、母が咳込んだ。

華岡はすかさず、背中を擦《さす》った。

「徹、ちょっとそこの水を取ってくれない？」

母は少し離れたところの棚の上にあるストロー付きマグカップを指で示した。

華岡は母の口元にマグカップを持って行った。

「仕事はどう？」

母はストローに口をつけた後できいた。

「変わらず」

「何か悩んでいない？」

「特に」

「そう？　ならいいんだけど」

母は昔から勘が働くのか、悩み事を抱えている時の華岡に声をかけてくる。華岡は一度も悩み事を母に打ち明けたことがないが、母は華岡のちょっとしたことから何かあるとわかるのだろう。

「この間、東京地検のことがテレビで取り上げられていて、徹のことを思い出したわ」

母がぽつりと呟いた。

「いまは横浜地検だ」

「そうだったわね。でも、もう何年になるの？　そろそろまた転勤になるんじゃないの？」

「どうかな」

「東京地検に戻れるといいわね」

母は呟いた。

「ちゃんと約束は果たせたかしら」

ふと、母が独り言のように言った。

何のことだろうと、華岡がきこうとした。

だが、母は目を瞑《つむ》っていた。

しばらく見つめていても、目を開ける気配はない。

「母さん」

呼びかけても答えない。

やがて、寝息が聞こえてきた。

疲れているのかもしれない。華岡はもう帰ろうと鞄を手に取り、廊下に出た。

目の前を歩く白衣を着た短髪で口ひげを蓄えた五十歳近くの男が会釈してきた。

華岡も軽く頭を下げた。

男は近づいてきて、

「もしかして、華岡由美子さんの息子さんですか」

「ええ、そうですが」

「担当医をさせて頂いている上野《うえの》です」

「あ、先生でしたか」

「横浜地検の検事さんだそうですね？　お母さまがよく自慢げにお話ししてくださいますよ」

上野は微笑みながら言った。

「そうですか。先生、母の病状について教えてください」

「わかりました」

ふたりはナースステーションの横の部屋に入り、上野は華岡の顔を正面に見て深刻な表情で話し始めた。

「ここ数日、お母さまの容態はあまりよくはないですね。もうおわかりだと思うのですが、痛みを緩和する薬を投与しているので、体がだいぶ弱ってきていきます」

痩せこけて、隈の濃い母の姿が浮かんだ。

上野は続けた。

「それに、最近では突然意識を失ったように眠りについたり、物忘れという症状も出てきています。薬の副作用ということも十分に考えられます」

「ただ、痛みの緩和をしなければ辛いんですよね」

華岡はきいた。

「はい。このまま薬を使用しても、一時的によくなるだけで寿命を縮めてしまうことだって考えられます。その辺りのことをよくご家族で考えてくだされればとお父さまにはお伝えしてあります」

「母の寿命は半年ですよね？」

「先日はそうお伝えさせていただきましたが、いまでは何とも言えません。早ければ数週間以内に亡くなられてもおかしくない状態です」

上野はさらに深刻な顔をして言った。

それから、母の意思に出来るだけ忠実に処置をするつもりだと説明していたが、延命治療を望まない場合には、終末期医療専門の病院に転院した方がいいということも言った。

気が付けば、三島と会う時間の五分前になっていた。

華岡は上野に礼を言い、帰る前に母の病室を覗いていこうと思った。

母は目を覚ましていた。窓ガラスに映る華岡を見て、こちらに顔を向けた。華岡は病室に入った。

「もう帰ったと思ったわ」

母がか弱い声で言った。

「いや、そろそろ行こうと思って」

華岡は腕時計を見ながら伝えた。

「何か予定があるの」

「ああ、大学の同期だった三島と会うんだ」

「まだ付き合いがあったのね。三島君はちょっと浮世離れした感じだったけど、優しい子だったわね」

母が懐かしそうに言った。

華岡はこくりと頷いてから、

「そういえばさっき、約束は果たせたかしらと言っていたけど、一体何のことなの?」

華岡がきいた。

「えっ、そんなこと言ったかしら」

「言っていたよ」

「そうかしら。何でもないから気にしないでね」

母は苦笑いをした。

華岡はそれ以上のことはきかず、

「じゃあ、帰るよ」

と、短く別れを告げた。

「来てくれてありがとう」

母の目が潤《うる》んでいるのに気が付いた。

「また来るよ」

と、喉元まで出てきたが口に出せなかった。

華岡は病院を出ると、タクシーでホテルへと向かった。

4

それから十五分後。

華岡はホテルのエレベーターを三十八階で降りた。

黒い大理石の床に、温かみのある橙色《だいだいいろ》のシャンデリアの明かりが反射している。エレベーターホールを抜けると、全面ガラス張りで東京の夜景が見渡せる。

出入口近くにはコの字型のバーカウンターがあり、その手前には背の高いテーブル席が十数席、その先にグランドピアノが置いてある。青いドレスの女性がそこに座り、古いフランス映画の主題歌を演奏していた。グランドピアノの奥は螺《ら》旋《せん》階段で、ひとつ上の階と吹き抜けになって繋がっている。

見渡して、三島の姿を探している華岡に、スリットから綺麗な脚が覗いているサービススタッフの女性が近づいてきた。

「待ち合わせです」

華岡がそう伝えると、

「三島さまでしたら上の階にいらっしゃいます」

女性は顔をこちらに向けながら歩き出した。

華岡はその後ろに付いていく。グランドピアノの奥の螺旋《らせん》階段を上がった。

見上げると、グランドピアノの真上に位置するソファ席で三島が音楽に耳を傾けながら、ブランデーグラスの脚を摘まむようにして呑んでいた。高そうな光沢のある黒色のスーツをびしっと着て、赤いネクタイと同色のポケットチーフをふんわりと胸元に飾っている。

階段を上ると、三島がこちらに目を向けた。

「遅くなってすまない」

華岡は謝りながら、三島の対面に座った。

「いや、こっちこそ約束の時間を遅らせてすまなかった。何を呑む？」

「同じ物を」

華岡は隣で待機していたさきほどのサービススタッフの女性に顔を向け、三島のブランデーグラスを指した。

女性は「かしこまりました」と言って去った。

「母親の見舞いに行っていたんだ」

華岡が説明をした。

「お母さんの？　仲直りしたのか」

「別に喧嘩をしていたわけじゃないけど、ただ会いたくなかっただけだ。親父がどうしても会って欲しいというから会ってきた」

「お母さんは喜んでいたか」

「どうだろうな。でも、随分と衰えていたな……」

「去年亡くなった俺のおふくろも、まるで別人のようだった」

「お互い、親を亡くす年齢になったのかな」

「いや、世間からしたら早すぎるだろう」

「だが、ある程度歳を取ったらいつ死ぬかはわからないな」

華岡はため息をついた。さきほどの女性がブランデーの入ったグラスを運んできて、華岡の前に置いた。

「乾杯」

ふたりがグラスを軽く合わせると、

「お前の方から誘ってくるなんて珍しいな」

三島が言った。

「ちょっと、ききたいことがあるんだ」

「駒形さんのことだろう?」

「どうしてそう思うんだ」

「この間、駒形さんの話をした時にお前の顔色が変わったからな」

「そうか。この間の駒形さんもやるなっていう言葉がどうも気になっていた」

華岡は三島の顔を覗き込んだ。

「それより、駒形さんをどうして知っているんだ」

華岡は改めて三島を見た。

「うちの前の顧問弁護士だったからだ」

「前の顧問弁護士?」

「今は別の弁護士に頼んでいる。うちの親父が駒形弁護士のやり方に不満を持ってやめさせたんだ」

「酷いやり方だったのか?」

「以前、残業代五百万円の未払いで元従業員に訴えられたことがあったんだ。その時に、駒形さんが動いてくれた。それによって元従業員は訴えを取り下げたんだけど、どうやら駒形さんが相手を脅したみたいだ」

「脅して訴えを取り下げさせたとなると、余程の弱みを握っていたんだな」

「その元従業員は性風俗店をよく利用していたらしいから、その方面だと思うけど……」

三島は首を傾げた。

「そういうことは何回もあったのか」

華岡はきいた。一番気になることだ。

「駒形弁護士は今までいくつもの裁判で無罪を勝ち取ってきたけど、証人の弱みを握って偽証させているようだ。うちの親父が言っていた」

もし、それが常套《じょうとう》手段だとすれば、三和田明の事件でも、田中真司の弱みを握って、偽証させたということも考えられる。

「なるほどな……」

華岡はグラスを置いてから、腕を組んで唸った。

「自分が悪いことは事実だから、相手も訴えることはないのだろう」

三島が付け加えた。

ピアノの演奏が終わり、階下では小さな拍手が起こっていた。三島も倣《なら》うように下を見ながら拍手をして、顔を華岡に戻した。

「次に担当する事件の弁護人が駒形さんなんだな」

「いや……」

華岡は微かに首を傾げた。

「何か手伝えることがあったら言ってくれ」

三島がブランデーを飲み干して、グラスをテーブルに置いた。

華岡は頷いたが、いくら昔からの友人だとはいえ、現在取り調べ中の事件のことを話すことは出来ない。

「食事はしたか？」

「遅めの昼を食べただけだ」

「この後、どうだ？」

三島が誘ってきた。

「ああ、行こう。どこがいい？」

「ちょっと車で行くが、『キャスター』なんかどうだ？」

「あの六本木のイタリアンか？」

「そうだ」

三島は遠い目をして頷いた。『キャスター』は学生時代に三島とよく通っていたイタリアンレストランだった。昭和三十九年頃からある店で、三島の父がよく利用したので、三島もツケで食事が出来た。その店の初代のオーナーは映画の配給会社を経営していたところから、客には俳優が多く、さらに各界の著名人が集まる場所となっていた。

『キャスター』には、三島ともうひとり松山達人《まつやまたつひと》という同じ大学の経済学部の男と三人でよく行った。松山も三島のように、大企業の御曹司だった。普段は華岡と三島のふたりでつるんでいたが、ある時『キャスター』でひとりで食事をしている松山に三島が声をかけたことから交流が始まった。

「そうか。明日は松山の命日だったな」

華岡はふと思い出した。

「あれから十五年経つな」

三島が懐かしむように言った。

松山は自殺だった。漠然とした不安が拭いきれなかったという遺書を書いてビルの上から飛び降りた。葬式に行ったが、両親は息子の死を悔やんでいるというより、出来の悪い息子を持って嘆《なげ》いているように見えた。しかし、何よりも可哀想に思ったのは、当時松山と付き合っていた春香《はるか》という経済学部の女の子が泣き崩れていたことだった。

「まだ、松山のことを許せないか」

三島がきいてきた。

「どうだろう。松山のことはあまり考えないようになってから、怒りはそれほどこみ上げてこなくなったが」

「あの時はすごく怒っていたよな」

「当たり前だ。春香ちゃんをあんなに悲しませて」

華岡は強い口調で言った。

「春香ちゃんのこと、好きだったんだろう?」

三島が顔を覗き込んだ。

「いや、性格のいい子で、それに生い立ちが可哀想だったから、余計に松山のことが許せなかったんだ」

華岡は否定した。

三島はいつも同じことをきいてくる。

自分でも、どうしてそこまで死んでしまった松山に対して異常なまでに怒っているのかわからなかった。葬式には行ったが、お別れの会や墓参りなどは一度もしたことがなかった。三島にも何故だと言われていたが、「自殺は許せない。逃げにしか過ぎない」と何度も言ってきた。

三島はひとりで墓参りをしているようで、毎年華岡を誘ってくる。だが、華岡は断り続けている。

「明日、一緒に墓参りに行ってみないか」

三島が例年のようにきいた。

「いや、俺は行かない。命を自ら絶つなんて……」

華岡はいつものように断った。

「そうか。じゃあ、明日またひとりで行ってくる。お前が来てくれると松山も喜ぶだろうに……」

三島はどこか寂しそうな目をした。

「すまない」

「いや、気にするな」

三島が立ち上がった。ウェイターに目配せで合図して、螺旋階段を降りていった。華岡も後に続いた。

懐かしい音楽がピアノの演奏で流れていた。

華岡は大学時代に戻ったような錯覚を抱いた。

5

昨夜、三島に聞いたことや、以前から耳にしていた駒形弁護士に関する悪い噂、さらには元恋人の梢の言っていたことなどから、駒形弁護士が誰かしらの弱みを握って、証言や証拠を作り上げているのではないかと華岡は思い始めた。安楽死事件でも、なぜか週刊誌に植草のことが取りざたされた。さらに、三和田明の事件でも、いきなり田中真司が証人として現れて、その結果三和田明の無罪に大きく影響を及ぼした。

ふたつの事件に共通しているのは、駒形弁護士と田中真司が関係しているということだ。

ひょっとして、駒形は田中真司の弱みを握っているのではないか。

田中真司の弱みは何だろうか。

警察の調べでは、特にトラブルや悪評などはなかった。しかし、息子が引きこもりがちだったことがある。

その息子の淳はマンションの十階から転落したのだ。警察は事故だとしたが、田中真司の弱みというのは、このことに絡んでいるのだろうか。

夕方になり、仕事を終えてから、淳が転落したマンションに行くことにした。事故現場の磯子のマンションまでは、関内からJR京浜東北線に乗って四駅だった。磯子駅の西口を出て、横須賀《よこすか》街道沿いを五分くらい進んだ。

マンションはガソリンスタンドの前にあった。

外観は比較的新しそうに見えるが、本多が築二十五年と言っていたのを思い出した。そして、神奈川県警の三枝が調べていたのは、このガソリンスタンドの防犯カメラだろうと思った。

華岡はマンションに行ったが、さきほど電話でアポイントメントを取った不動産会社の男はまだ来ていなかった。

管理人室の小窓には「本日受付終了」という札がぶら下がっている。

田中淳が落ちたとされるのは十階の非常階段からだ。

しばらくすると、ダウンジャケットを着てリュックサックを背負った四角い顔の中年男が入って来た。

「華岡さんですか」

「ええ、そうです」

「私、横須賀不動産の者です。どうぞ、こちらへ」

と、キーを取り出して、エントランスの扉を開けた。

華岡が最初に入り、エレベーターのボタンを押した。

エレベーターはすぐに来て、十階までどこにも止まらなかった。

十階に降りると、右手に部屋がずらっと並んでいる。廊下奥にはドアがふたつ
エレベーターの方を向いていた。

左手に顔を向けると、少し離れたところに海が見える。すぐそばにはさきほど
のガソリンスタンドも見える。

「このマンションは事務所に使っている部屋もあるのですね」

華岡が部屋の数を数えながらきいた。全部で十一室だった。

「そうなんです。この階も半分くらいが事務所として使っています」

「住宅街みたいなところでも、そういう需要があるんですね」

「ええ、ネイルやマッサージなどのサロンに借りる人が大半ですね」

華岡は何げない話をしながら、廊下をゆっくりと歩いて、辺りを注意深く見回
した。

非常階段には、きちんと手すりがあって、かなり身を乗り出そうと思わなけれ

ば、落ちるはずがないというのが華岡の第一印象である。

「以前にも、このマンションで転落事故はありましたか」

華岡がマンションの下を見ながらきいた。すぐ下はもう道路であり、この時間帯はあまり交通量が多くないが、通勤の時間帯になると混みそうなところであった。

「いえ、ありませんね。私もあの転落事故があった時に、びっくりしたくらいです。それも、外部の人間がここから落ちるなんて少し変だなと思ったのですが」

不動産会社の男が首を傾げた。

「この階にはどういう人が住んでいるのか教えていただけますか」

華岡は男に顔を向けてきいた。

「はい。まず、一番奥の部屋ですが……」

不動産会社の男は一〇〇一号室から順に小さな声で説明していった。説明を受けて、どこにも怪しむべき点はなかったが、

「一〇一〇号室はあのガソリンスタンドのオーナーが借りているんです。でも、オーナーはここには住んではいなくて」

何気なく発された不動産会社の男の言葉に、華岡の勘が働いた。

「誰がここを使っているんです？」

「それがわからないんです。はじめは民泊に使用していないか心配していたのですが、それはなさそうです。ただ、半年くらい前に来た時に野球帽を目深にかぶったマスク姿の男性と連れの女性がこの部屋に入っていったんです。男性は普通の人より体が大きくて、筋肉質でしたが、少しお腹が出ていましたね。女性は、けばけばしい感じでした」

「その人に話は聞いていないんですか」

「ええ、今度会った時に聞いてみようと思っていたんです。でも、それきり会わなくて。まあ、変なことに使われていなければ、家賃もきちんと払ってもらっていることですし、文句はないのですがね」

「どんな間取りなんですか？」

「1Kですね。縦長で二十平米《へいべい》くらいしかありません。隣の部屋もそうですよ」

「他と比べると随分狭そうですね」

「そうなんです。一〇一〇号室と隣の一〇一一号室だけ特別です。元々はふたつ合わせて2LDKの部屋にしようと建てたのですが、買い手がつかなくて。もっと小さい部屋であれば買うというひとがおふたりいたので分けたのです」

「なるほど。それで、現在は一〇一〇号室と一〇一一号室は空き家ではないのですね」

「一〇一〇号室だけです。一〇一一号室の方は引っ越してしまいました。再来月《さらいげつ》からまた新たな人が住むことになっていますけど」

「では、一〇一一号室を見せて頂いてもよろしいですか」

華岡がきいた。

「はい。わかりました」

不動産会社の男がリュックサックの中から、じゃらじゃらとした鍵の束を取り出し、一〇一一号室の鍵を見つけて、鍵穴に差した。

「どうぞ」

扉を開けられて、華岡は中に入った。

玄関で靴を脱ぎ、短い廊下を進んだ。突き当りの扉の先には、ベッドとダイニングテーブルを置いたら他に大きな家具を置けなくなりそうな部屋があった。窓の外には住宅街が見える。

「これだとひとり暮らしでもギリギリですよね」

「ええ、家賃も安いですよ」

「ちなみに、この部屋はいつから空いているんですか」

「半年くらい前です」

「というと、転落事故の時にも空いていたんですね」

「はい」

この部屋を借りていた人が、田中淳と面識があるとも思ったが、どうやら関係ないようだ。すると、一〇一〇号室を使っている者が田中淳と関係しているかもしれない。

ガソリンスタンドのオーナーに聞けば、誰だか答えてくれるだろう。

「ガソリンスタンドのオーナーというのはどういう方なんですか」

「村瀬《むらせ》公一《こういち》さんという今年還暦の方です。恐そうな見た目ですが、礼儀正しいひとですよ。でも、若い頃はこの辺りの暴走族の総長をしていただけあって、部下を怒る時には迫力がありました」

「連絡は取れますか」

「はい、たしか電話番号が……」

不動産会社の男は携帯電話を取り出し、

「ありました、ありました」

と、電話を掛けた。

不動産会社の男は人柄がいいのか、電話口でも頭を何度も下げながら丁寧な口調で話をしていた。

それから一分くらい状況を説明して、

「あ、そうですか。そう伝えさせていただきます。失礼致します」

と電話を切った。

「あまり時間は取れないそうですが、いまガソリンスタンドにいらっしゃるそうなので、お越しいただければとのことでした」

不動産会社の男はなぜか嬉しそうに声を弾ませていた。

華岡はエレベーターを使って一階まで行くと、不動産会社の男とそこで別れた。

青信号が点滅しだした横断歩道を走って渡った。

ガソリンスタンドの端でバイクを磨いている、ライダースジャケットを羽織ってサングラスを頭にかけたいかつい顔の男が見えた。

華岡はその男に近づき、

「村瀬さんですか」

と、きいた。

「ええ、さきほど不動産屋さんが言っていた検事さん？」

村瀬は手を止め、バイクのシートに片手を添えて立ち上がった。

「お時間がなさそうなので、さっそく本題に入りますが、一〇一〇号室はあなたが借りているそうですね」

「ええ」

「でも、お住まいにはなっていないんですね」

「自宅は他の場所にあります」

「あの部屋は何に使っているのですか」

「趣味の部屋のようなものです。こういう服だとか、バイクの雑誌なんかが置いてあるんですよ」

「それだけのために借りているんですか？」

「かみさんがうるさいんでね」

村瀬は苦笑いした。

「他に誰か、あの部屋に入れたりしていませんか」

さきほど、不動産会社の男が言っていた男女ふたりが気にかかる。

「私の趣味のグッズを見に来る人たちはいますよ」

村瀬は涼しい顔で答える。しかし、それがかえって嘘を隠し通すためなのではないかと疑ってしまう。

「どういった方々なんですか」

華岡がきいた。

「まあ、昔からつるんでいる奴らですよ。お恥ずかしい話、暴走族をしていたんで」

村瀬は頭を掻いた。

見るからに若い頃はやんちゃそうであるが、いまはしっかりとしていそうだ。

「そうでしたか」

華岡は頷き、

「ちょっと、部屋の中を見せてもらってもよろしいですか」

「え？　それは……」

「駄目ですか」

「別に変なものがあるっていうわけではないですが、いきなり言われても」

「隣で立ち会ってください。触ってはいけないものには触りませんから」

華岡が説明した。

「うーん、そうですね……。検事さんは何を調べたいのですか」

村瀬がきいた。

「なぜ住民でもない者が、あのマンションから転落したのか調べています。ご協力ください」

華岡は一方的に言った。

「わかりました。でも、さきほども言いましたように、一時間後に用事がありますので、ほんの少しなら」

村瀬がスタスタと歩き出した。

華岡は付いていく。

マンションの部屋に行くまでの間、部屋の中にどういう物があるのかきいた。

華岡の趣味ではないので、価値は計り知れないが、相当な物もあるらしい。だが、最近集めているグッズも多くなり、もっと広い場所に引っ越すために荷造りしたり、移動させているので、さきほど伝えた雰囲気と違っているかもしれないと言われた。

「ここです」

村瀬が一〇一〇号室の扉を開けると、生活感のない殺風景な玄関が見えた。靴も並べられていなく、靴ベラが置かれているくらいだ。

華岡は靴を脱いで奥に入った。

黒いカーテンが閉められていて、その前にセミダブルのベッドが置かれていた。ベッドの手前にはふたり掛けのソファとテーブルが、壁際のテレビに向かって置いてあった。

それ以外には、何もない部屋だ。ゴミ箱の中身を覗いてみても何も入っていない。本当に趣味の部屋なのかと思った。

華岡が口を開きかけた時、

「もう時間が迫っているので、申し訳ないのですが」

と、村瀬が顔をしかめた。

華岡は礼を言って、部屋を後にした。

マンションの玄関を出て、振り返った。十階あたりを見上げる。田中淳が転落した時の状況に、想いを馳せた。

6

三和田明の事件について「控訴中立書」を横浜地裁に提出した日の翌朝、華岡は横浜地検に早めに出勤した。

窓際に立ち、外を見ながら三和田明の事件を振り返った。

かねてから思っているが、田中真司という証人が現れなければ勝てた事件だ。それでも殺害に使用した刃物は発見されておらず、検察側の言い分が裁判で百パーセント認められるとは限らない。駒形弁護士が田中真司の弱みを握って嘘の証言をさせたかもしれない。それだけではなく新たな証拠が必要だ。だがいまさら凶器が見つかるとも思えない。

とりあえず、田中淳が転落したことを調べてみようと思った。

コーヒーを飲みながら、そんなことを考え資料に目を通していると、扉が開いて本多が入って来た。

「おはようございます。もしかして、徹夜ですか」

「いや、違う。今日は早く目が覚めたんだ。三和田明の事件の裁判記録を何度も読み返してみた。やはり、死体には刃物で刺され、花瓶で殴られた痕がある。花瓶で殴られたことによって死んでいる。このことも気になっているが、それ以上に田中真司の証言も気になる。駒形弁護士が田中真司の弱みを握っていて、それが息子の転落と何か関係があるような気がする」

「ということは、駒形弁護士が裏で動いているって考えているんですか」

本多は緊張した顔で言った。

その時、華岡の携帯電話が鳴った。

森梢からだった。

「もしもし」

華岡はときめきを抑えながら、電話に出た。

「ちょっとききたいことがあるんだけどいいかしら」

「なんだ?」

華岡はわざとぶっきら棒にきいた。

「『週刊エックス』の件なんだけど」

華岡はてっきり、誘いの電話かと思ったが、当てが外れた。

『週刊エックス』の件は、自分の担当している事件に関係するものなので、下手なことを言えない。

「西横浜国立病院の安楽死事件はあなたが担当しているんでしょう?」

と、梢はきいてきた。

「そうだ」

華岡は一応答えた。

「どうして、この時期にあんな記事が出たのかしら」

「そんなのわからない」

「駒形さんが関係しているんじゃないの」

梢は決めつけるように言った。

「どういうことだ」

「駒形さんは相手の弱みを握って、偽証させているのではないかと思っているの」

「なぜそう思うんだ」

「今まで駒形弁護士が無罪に持っていった事件を調べたら、どうしてもそうとしか思えないの」

「それで、君は前から駒形弁護士のことを調べていたのか」

別れてから何の音沙汰もなしだったのに、突然目の前に現れたのはそういうことだったのだろうかと考えた。

「まあ……」

梢は曖昧に答えた。

「この件についてはわからないが、偽証とは違うけど、ちょっと駒形弁護士に手を焼いたことがある友達がいるんだ。そいつの話も参考になるかもしれないから紹介してやってもいい」

「本当？　見返りに教えることは何もないわよ」

「ああ、今はいい。でも、何かわかったら教えてくれよ」

「いいわ」

梢の声は明るかった。

「じゃあ、そいつに連絡とってみて、協力してくれるようだったら、また電話するから」

華岡はそう言って電話を切った。

その日の午後五時、華岡は横浜地検を出た。

午後一時からの山中征爾の取り調べでは相変わらず進展はなかった。むしろ、山中は『週刊エックス』のことを知ってなのか、女性看護師のことを巡って植草と揉めたことがあると言い出した。

今まで接してきた山中らしくない。

実際に送致書通り、田中淳を死なせたとしても、正義感や自分の主義から法律違反をしたように見える。それが、このような小細工を使ってくるとは、やはり背後で駒形が操っているのだろうか。

午後五時三十分、華岡は横浜駅から徒歩五分ほどのところにある古い喫茶店に入った。半分弱しか埋まっていない店内は分煙されていないようで煙草《たばこ》臭かった。客も煙草を吸うような者たちしかいない。大半が中年のサラリーマンであった。

華岡が出入口付近で立っていると、まだ幼さが顔に残っている店員が近づいてきた。

「一名さまですか」

「はい」

華岡はじっと店員の目を見て頷いた。

「どうぞ、あちらの窓側のお席へ」

店員は丁寧にふたり掛けのテーブル席まで案内してくれた。胸元の名札には田中と書かれている。

背の低いテーブルの上には手書きのメニューが置いてあった。ここはサンドウィッチが有名らしく近くでも食べているひとがいた。

華岡は手を挙げ、さきほどの店員を呼んだ。

「お決まりでしょうか」

「ブレンドコーヒーをお願いします。あなたは田中良さんですか」

「はい、そうですが……」

相手は訝しそうに答えた。田中淳の弟の良である。現在、大学三年生で、この喫茶店でアルバイトをしている。

「あなたのお兄さんのことについて聞きたいんです。横浜地検の華岡と申します」

華岡は名乗った。

良は緊張したように頷いた。

「そんなに時間は取りませんので」

華岡は付け加えた。

「はい」

良は戸惑っているようだ。

「ここのバイトは何時に終わるのですか」

六時と下調べしてあったが、華岡は一応きいてみた。

「あと三十分で終わりますが、色々と片付けがあるので、六時半くらいには店を出られると思いますが」

「そうですか。では、六時半にこの店を出てすぐのコンビニの前で待っています」

「あ、はい」

良はそう言って、下がった。

ブレンドコーヒーが運ばれ、華岡は礼を言って受け取った。それから、神奈川県警の三枝が作成した田中淳の資料を見返した。

淳は地元の小学校を卒業後、中学受験をして東京にある大学付属の中高大一貫校に入学した。高校、大学はエスカレーター式で進んだ。しかし、大学二年生の時に中退して、それからはニートであった。

エリートの親からしてみれば、ニートの息子はどう見えたのだろうか。そして、その息子はどういう思いで過ごしてきたのだろう。自殺したとすれば、その原因に少なからず学歴コンプレックスがあったのではないかと推測していた。

やがて、時刻は六時二十分になった。華岡は会計を済まし外に出た。コンビニに入って何を買う訳でもなく、商品棚に目を通していると、すぐに良が外に現れた。

華岡はコンビニを出て、

「カフェにでも入りましょう」

と、席と席との間が比較的空いているカフェに入った。ふたりは奥のソファ席に座ると、華岡はまたブレンドコーヒーを注文した。良も遠慮してか同じ物を頼んだ。

コーヒーはすぐに運ばれて来た。

それから、話を始めた。

「これはプライベートでおききするだけですので」

「はい」

良は畏まったように答えた。

良は一度家族が山中に死なせてやって欲しいと頼んだと警察で供述している。後にあれは間違いだったと訂正しているが、まだ若いし、そんなにうまく嘘をつけるとは思えない。もっと、良と話せば色々とわかるのではないかと思っている。

「亡くなったお兄さんとは親しかったんですか」

と、華岡は切り出した。

「ごく普通の兄弟です。喧嘩もしましたし、一緒に出掛けることもありました」

「相談事なんかもしていましたか」

「はい、お互いに」

良は頷いた。

「お兄さんは幼い頃の性格はどうだったんですか」

華岡はコーヒーカップに口をつけている良に向かってきいた。

「少し大人《おとな》しめだと思います。でも、他の人たちと同じように昆虫だとか、戦隊モノだとか、野球やサッカーも好きなようでした」

「友達付き合いは得意だったのですか」

「いえ、あまり多く友達を作らなかったと思います」

「お兄さんのお友達とあったことなどは？」

「幼稚園の時には、友達を自宅に連れて来たりしましたが、小学校一年生から学習塾に週三回は通っていたので、放課後に遊ぶようなことはなかったと思います」

「学習塾以外に、通われていたことはなかったですか」

「色々やっていました。水泳、サッカー、野球などもしていました。でも、高学年になると、中学受験の勉強で全て辞めてしまいました」

「中学受験は本人が望んでいたのですか」

「いえ、どちらかというと父が望んでいたと思います」

「なるほど。塾はお家の近くだったんですか」

「ふたつ行っていました。有名な学習塾が横浜駅の駅前にあるので、そこに月曜日から土曜日、日曜日は東京の御茶ノ水《おちゃのみず》まで通わされていました」

「御茶ノ水、随分と遠いですよね」

「はい。そこは主に模擬試験を受けに行っていました。大手の塾で、日曜日に模擬試験をしてくれるんです。試験に慣れたほうがいいと父が言っていましたので」

良は、はきはきと答える。

「お兄さんはお父さんの言う通りにふたつの塾に通っていたのですね」

「そうです」

「それで、お兄さんが入ったのは……」

偏差値が高いとは言えない大学付属の中学校に入学している。それは第一志望ではなかったという。

「ちょうど、受験の数日前に風邪を引きまして、体調が悪い状態で臨んだので滑り止めにしか入れなかったそうです」

「風邪を？」

「そう言っていました」

「本人は悔しがっていましたか」

「どうでしょう。たぶん、悔しかったと思いますが、態度には出さなかったです」

良は首を傾げた。

華岡は間を置いて、

「中学、高校時代はどんな学校生活だったかわかりますか」

と、きいた。

「勉強はそこまでしているようには思えませんでした。野球が好きで、野球部に入り毎日練習に励んでいました。野球が強い学校で、中学の時にも部員が五十人ちかくいました」

高校野球に疎《うと》い華岡でも、新聞記事で淳が通っていた学校が野球の強豪校だということは知っていた。

華岡はコーヒーを一口飲み、

「お父さんは反対しませんでしたか」

「ええ、ものすごく反対していました。父は中高でしっかり勉強して東大に入れと口うるさく言っていました」

「東大一択ですか」

「ええ、父も母も東大卒なので入れさせたかったんだと思います。僕も東大しか認めてもらえなかったんです」

良はどこかうらめしそうな目をしている。

「お兄さんと、お父さんは喧嘩になったことはありませんでしたか」

「しょっちゅうでした」

「どういったことで喧嘩していましたか」

「テストの点数が悪いと父は野球部を辞めろと兄に言うんです。それで、兄はたいがい口答えするのですが、何度か金属バットを持って暴れたことがありました」

「どうやって、治めたのですか」

「僕と父がふたりで取り押さえました。兄も危害を加えようと思っているわけではなく、ただカッとなって振り回しただけなので、すぐに落ち着きます。ただ、その後に部屋に入ってひとりで泣くんです。そして、僕が慰めに行っても、『お前は成績がいいから父さんに気に入られている』だとか、『父さんはお前の方が好きなんだ』と言うんです」

「野球を辞めろと言われたことに関しては？」

「迷っているようでした。野球は好きなようでしたが、試合に出られるような実力はなく、いつもベンチで応援ばかりしていましたから」

「それで、野球部は辞めたんですか」

「はい、中学三年生の時に辞めました」

「それから、大学受験に向けて勉強に励んだのですか」

「いいえ、そのようには見えませんでした。結局は大学受験もせずに、エスカレーター式で大学に上がって行きました」

「しかし、その大学も三年生になる前に中退していますね」

「自分のしたいことが見つかったと言いまして」

「したいことというのは、何だったのですか」

「ファッションです。デザイナーになりたいと」

「お父さんは反対したんじゃないのですか」

「そうです。しばらく口を利かなかったくらいです」

「大学を中退してからのお兄さんは、どんな生活を送っていたのですか」

「初めの頃は家に引きこもってばかりでした。それを心配した母が少しは外に出たらどうかと言って、僕に色々なところへ連れて行って欲しいと」

「たとえば、どんなところですか」

「やはり、野球が好きだったので野球場とかですね。兄も野球を見ている時には、目が輝いていました」

「そうでしたか。では、お兄さんが自暴自棄になっていたというようなことはありませんでしたか」

「どうでしょう……」

良は眉を顰めて考えているようだった。

「すぐ感情的になってしまうので、時たま自暴自棄になっているようにも見えましたが、気持ちが治まるのも早かったです」

「では、お兄さんに悩み事などはありましたか」

「それは……。常に悩んでいるようでした」

「どんなことで？」

「僕にはただ漠然としたものとしか言っていませんでした」

「漠然としたものですか……」

華岡はふと、大学時代の友人で自殺した松山を思い出した。彼も漠然とした不安という言葉を残して自殺している。

「あとひとつ、質問していいですか」

華岡は良の目を見た。

良はぎくりと、体を強張らせた。華岡は自分の顔つきがそんなに厳しくなっていたのだろうかと思った。

「はい」

良は緊張した声で答えた。

「警察の事情聴取で、お父さんが山中医師に死なせてやってくれと頼んでいたという証言を撤回していますよね。どうしてでしょう?」

華岡は周囲を気にして、小さな声で言った。

「それは、自分の勘違いだと気が付いたからです」

「具体的に言いますと?」

「父は山中先生に楽に出来ないかと頼んだのです。それを勝手に勘違いしてしまい……」

「どうして、あとで勘違いだと気が付いたのですか」

「急に思い出したんです」

良が目を背《そむ》けて言った。

「急にですか?」

「はい」

「何かきっかけがあったんですか」

華岡は鋭くきいた。

「いえ、何もありません」

良の息が上がっている。

両手の指を絡ませて、足は微かに動いている。

「検事さん、もう帰らなければ」

良が携帯電話を開いた。

「わかりました。また、お話を聞かせてもらうかもしれません」

「はい」

「私はもう少しここに残っていますので」

華岡がそう言うと、良はトイレを我慢していた人のように不自然なくらい足早に出て行った。

華岡はその後ろ姿を見つめ、ぬるくなったコーヒーの苦みを味わった。

第三章　発見

1

船の汽笛が雨音に混じって微かに聞こえた。子どもの頃、父の故郷の長崎でも行くたびに汽笛が鳴っていた。父の納骨の日はこのような雨が降っていて、汽笛を悲しい思い出として聞いていた。

ふと、父の最期の時が蘇って、複雑な感情に襲われた。

「華岡検事、濱田愛子さんがいらしたそうです」

検察事務官の本多士郎の声に、現実に引き戻された。

「すぐに通してもらってくれ」

華岡は濱田愛子の証言に関する警察の供述調書のコピーを広げた。

本多が扉を開けると、

「失礼します」

と女性にしては低めの声と共に、眼鏡をかけた中年の女性が入って来た。看護師長というだけあって、頼りがいがありそうな雰囲気だ。

華岡が椅子を勧めると、濱田は座った。

「足元が悪い中、ありがとうございます」

華岡は気遣った。

「いえ、私も検事さんに聞いてもらいたいと思っていたんです」

「そうですか。では、山中医師と患者の田中淳さんのご家族がどのような会話をしたのか、おききしていきます」

「その前に聞いてください。山中医師の話だと、私が嘘を言っていることになってしまいますから。病院での会話は常に注意して聞いています。患者と医師との間に行き違いがないようにです。ですから、たとえ通りすがりに耳にしたことでもいい加減になんか聞いていません」

濱田は一方的に話した。

「警察の供述調書では、面会室の前を通った時に、父親の真司さんが山中医師に死なせてやってくれと言ったのを耳にしたのですね」

「そうです」

「これに聞き間違いはありませんか」

「間違いありません」

「そうですか。あなたはその時、どうして面会室の前を通ったのですか」

「ナースステーションから病室に向かうところでした」

「それはなぜですか」

「患者さんから呼び出されたのです」

「その時、急いでいたのではないですか」

「病院内では常に緊急のことが起こりますから敏速に動いております。だからといって、気が急《せ》いて聞き間違いをしたということはありません。山中医師が言うような嘘を私はついていません」

濱田は抗議するように言った。

「死なせてやってくれと頼んだのを耳にして、それからすぐに立ち去ったのですか」

「いえ、その言葉に驚いて足を止めました」

「すると、それ以外にも何か聞いたのですね」

「はい」

濱田はその時に聞いた会話を語り始めた。

田中真司が何度も息子がこのまま苦しんでいるのを見ているのは辛いと言い、助かる見込みがないのならすぐにでもお願いしますと頼んでいた。それに対して、山中医師は家族全員の意思はどうなのかをきいた。濱田は会話の成り行きが気になったが、ナースコールで呼ばれているので、その場を立ち去った。

「その話はいつ聞いたのですか」

「午後四時半くらいです。その日の夜に、田中淳さんが亡くなられたのです」

濱田は憐れむような顔をして言った。

「亡くなった時には立ち会われていたのですか」

「いいえ、立ち会っていません」

「田中淳さんが亡くなったことをいつ知りましたか」

「翌朝に出勤した時です。それで、死なせてやってくれと聞いたことを思い出して、何かあるんじゃないかと思ったんです」

「あなたが植草医師に面会室の前で聞いたことを告げたのはいつですか」

「その日の午前中です」

「どうして、植草医師に伝えたのですか」

「私が一番信頼している医師だからです」

「死なせてやってくれと耳にした時に、すぐに植草医師には伝えなかったのですか」

「まさか、山中医師が患者の家族の要望に応えるとは思っていなかったからです」

「植草医師に話した時、どのような反応をされましたか」

「聞き間違いじゃないのかときかれました。でも、たしかにそう聞いたと言うと、植草医師は何か思い当たることがあるようで、調べてみると言っていました」

「思い当たることとは何でしょう？」

「詳しいことはわかりません」

「あなたは田中淳さんの死について、自分で調べたり、山中医師に確認しようとは思わなかったのですね」

「植草医師が全て自分に任せてくれと言っていましたので」

「そうですか」

華岡は頷いた。

濱田愛子の喋り方や表情は一貫して落ち着いており、嘘をついているようには思えない。だが、植草と山中には女性問題のトラブルがあり、そのために警察に嘘の告発をしたと週刊誌に書かれていたので、濱田愛子にも山中との関係を確かめておきたかった。

「あなたは山中医師との仲はどうだったのですか」

華岡はきいた。

「山中医師とは仕事上必要なことを話すことはありましたが、プライベートではあまり話したことはありません」

濱田は決然として言った。

「では、どのように山中医師を見ていましたか」

「特にありません。他の看護師から聞く話では、頑固で自分の信念がある医師だと聞いていましたので、そんな人物なんだろうなとは思っていました」

「そうですか」

これ以上きくことはなかった。

「ありがとうございました」

華岡は礼を言って、濱田の事情聴取を終えた。

それから、すぐに田中淳の弟の良がやって来た。

数日前に、喫茶店で話して以来となる。あの時は明らかにおどおどしており、何か隠しているように思えた。

事件当夜、淳の容態が急変して家族が駆け付けた時に、良は父親が淳を死なせてやって欲しいと山中に頼んだということを供述していた。

しかし、山中医師が逮捕された後に、父親が発したのは、死なせてやって欲しいという言葉ではなく、楽にしてやってくれという言葉だったと訂正しに警察署まで赴いている。

なぜ勘違いしたことに気づいたのかと警察が問い詰めたところ、山中医師が逮捕された後によく思い返してみたからだと答えている。

良が入ってくると、華岡の対面に座った。

「わざわざありがとうございます」

華岡は軽く頭を下げてから、

「田中淳さんが亡くなった日の夕方、午後四時三十分ごろ、あなたはご両親と共に病院の面会室で山中医師とお話をされていますよね」

と確かめた。

「はい」

「その時はどんな会話をなさったのですか」

「兄の治療についての詳しい話をするためです」

良はこの間よりも緊張した面持ちだった。

山中征爾の取り調べと、田中真司の任意の事情聴取では、ふたりとも病状について、今後の治療に関して話し合ったと言っていた。病状や治療法についてはふたりとも述べていることが同じであった。

ふたりが語った内容は、田中淳は事件当日の午前に容態が悪化して、重症気管支肺炎になった。チューブには血痰があふれ、肺の三分の一は潰れていて、気管切開という方法もあると山中に提案されたことだった。しかし、感染のリスクも高く、気管切開をしたとしても寿命を少ししか延ばせないかもしれないと山中は説明した。それで、家族の方から出来るだけ自然な状態で死を迎えさせてほしいとの要望もあり、気管切開は行わない旨を話し合ったとしている。

華岡は良も同じことを語るのかが気になった。

「詳しい治療法というのは？」

「高気圧酸素治療を行い、重症気管支肺炎になってしまったので、気管切開という方法があると説明されました」

「なるほど。それで、その気管切開をすることに決めたのですか？」

「いえ、リスクが高いのでそれはしないと言っていました」

「では、どのような治療をすると言っていましたか」

「自然な死を迎えられるように手立てをすると山中先生が仰っていました」

良が考えるようにして言った。

「山中医師から提案したんですね」

華岡はしっかりと良の目を見てきいた。

「あ、いや」

良が口ごもった。

「どうなんですか」

「覚えていません」

良は顔をしかめて俯いた。

何か隠しているように思えたが、華岡はこのことについてはこれ以上深くきかなかった。

華岡が良にききたいのは、この日の夜に、気管内チューブを外したあとに田中淳が苦しみだした時のことだ。

「その時、真司さんが山中医師に死なせてやってくれと頼んだんじゃないですか」

「そんな記憶はありません」

華岡はこれについては嘘をついているように思えない。面会室では本当に聞いていないようだ。

「あなたは席を外したりしていませんか」

「ちょっとトイレに行くことはありました」

良がいない時に、父親が山中に頼んだのかもしれない。

「では、その時に面会室で山中医師と話して、それから一度ご自宅に帰られたのですか」

「そうです」

「夜になって、淳さんの容態が悪化したので、病院に駆け付けていますよね」

「はい」

「病院へ駆け付けるまでにどのくらいの時間がかかりましたか」

「車で十分くらいだと思います」

「その時の淳さんの様子を教えてください」

「気管内チューブを抜かれて苦しんでいました」

「その様子を見た父親の真司さんが、山中医師に頼んだと供述していますね」

父親の真司は、夕方に面会室でも死なせてやってくれと言っており、夜にも同じことを頼んでいる。

「あれは間違いです」

良は否定した。

「実際は何と頼んだんですか」

「楽にしてやってくださいと頼んでいました」

「楽にするというのは、どういう意味だとあなたは受け取りましたか」

「言葉通り、苦しみから解放するという意味と受け取りました」

「息を引き取れば苦しみからは解放されるという意味ではないのですね」

「違います」

良ははっきりと言った。

「でも、あなたは最初、死なせてやってくれと聞いたと供述していますよね。これは、息を引き取れば苦しみから解放されるとあなたが勘違いしたからではないのですか」

華岡は良の顔を覗き込んだ。

「そんなことありません」

良は目を逸らしながらも、頑なに否定した。

「では、真司さんがそう頼んだあとの山中医師の行動を教えてください」

「筋弛緩剤を投与しました」

「筋弛緩剤の話は、午後に面会室で話していましたか」

「いいえ」

「では、そのことについて山中医師から説明はありましたか」

「はい、あったと思います」

良は不安そうに言った。

「曖昧なのですか」

「曖昧というか、あの時は私も兄が苦しんでいる姿を見てパニックになっていましたので。説明されたかもしれませんが、よく覚えていないんです」

良は苦しそうな表情で説明した。

「そうですか」

華岡は頷き、

「筋弛緩剤の投与をしてからの淳さんの様子はどうでしたか」

と、きいた。

良は伏し目がちになった。

華岡は良から目を離さず、話し出すのを待った。

「あの、こういうことは前もって調べているんじゃないのですか」

良が小さい声で言った。

「はい。しかし、あなたの口からもその状況をききたいのです」

華岡は説明した。

「段々と兄がもだえる様子がなくなりました。助かるのかなと思いましたが、しばらくして亡くなったと言われました」

「淳さんが亡くなられた時の気持ちを教えてください」

「ただ茫然として、死を受け入れられませんでした」

「ご両親はどうでしたか」

「……」

良は黙った。

「覚えていませんか」

華岡はきいた。

「父は山中先生に最後まで尽くしてくれてありがとうございますと言っていました。母は泣きじゃくって、今でもその傷は癒えていません」

良は華岡の顔色を窺うように話した。

今まで、淳の母親の政子《まさこ》に任意の事情聴取をしようと試みたが、精神的な苦痛がひどく、応じることは出来ないと断られていた。

華岡は腕時計を見た。

小一時間、経っていた。

「わかりました。貴重なお時間をありがとうございました」

華岡はそう言って、終わらせた。

「いえ」

良は頭を下げてそそくさと華岡の部屋を出て行った。

何を隠しているのか、華岡は気になった。

事情をきいていないのは母親だけだった。病状はどうなのだろうか。確かめてみようと思った。

2

その日の夕方、雨は止んでいたが肌に吹き付ける風が痛いほど冷たかった。

華岡は磯子駅で降りた。この駅で降りたのは、田中淳が落ちたマンションを見に来たとき以来だ。

磯子駅を出て、ロータリーを左に進んだ。磯子産業道路を真っすぐ行き、大岡《おおおか》川《がわ》分水路の手前で右に折れた。そして次の角を左に曲がり橋を渡った。すぐの路地に入り、三軒目の駐車場が二台分ある二階建ての茶色い家の前で立ち止まった。

表札には田中真司と書かれている。

もう家族は帰って来ているのか、一階と二階の電気が付いているのが外から確認出来た。

華岡は家に近づこうとした時、回覧板を持った中年の女性が田中家に近づき、玄関脇のポストに回覧板を入れてから出て来るのを見かけた。

「あの、すみません」

華岡は女性に声を掛けた。

「はい？」

女性は不意を突かれた顔をした。

「私、横浜地検の者ですが、近所の方ですか」

華岡はきいた。

「ええ、そうですが」

女性は顔を強張らせて、身構えていた。

「別に捜査とかではないので安心してください」

華岡は安心させるように言い、

「田中さんとは仲がよろしいですか」

と、きいた。

「そうですね、旦那さまはよく知らないのですが、奥さまとはスーパーで会ったりして、時たまお茶をするような仲です」

「なるほど。最近、奥さまの様子はどうですか」

「それが、まったく見掛けませんね」

「そうなんですか？」

「ええ、買い物も旦那さまがしているようですし、洗濯物を干しているのも旦那さまです。でも、一度病院で奥さまをお見掛けしました」

「どちらの病院ですか」

「駅の近くにある東磯子病院です」

「何科で見かけましたか」

「心療内科です。やっぱり、あんな息子さんでもお亡くなりになって悲しいんでしょうね」

女性は、ぽつりと言った。

華岡はその言葉が気になった。

「あんな息子さんというのは？」

「よく暴力を振るわれていたそうです」

「え？　暴力を？」

田中淳が父親と意見が合わず喧嘩をしたり、バットを振り回したことがあるとは聞いていたが、母親に暴力を振るっていたとは知らなかった。

「それはいつくらいの話ですか」

華岡はきいた。

「あれは八年くらい前からですかね。まだ息子さんが高校生くらいの時だったと思います。それから、しょっちゅうありました」

「田中さんの奥さんはあなたに相談してきたんですか」

「いえ、あのひとはそんなこと言いませんよ。でも、額に傷があったりしていたので、きっとそうなんだろうなと思います」

「そうですか。警察沙汰になったりとかは？」

「それはないようです」

「ちなみに、田中さんの夫婦仲はよさそうでしたか」

「ええ、一緒に出掛けるのを見かけましたから。夫婦仲もそうですが、下の息子さんともかなり仲良さそうでした。御夫婦と下の息子さんが三人で歩いているのを見かけることがよくありました」

「兄弟仲はどうだったかわかりますか」

「あまり一緒にいるところを見たことないですね。ふたりとも、性格が違うようでしたから。ただ、一度だけ上の息子さんが下の息子さんをいじめているようなところを見ました」

「いじめ？」

「はい、何を言っていたのかはわかりませんが、下の息子さんがお金を渡していました」

女性が思い出したように言った。

良に話をきいた時に、そのようなことは言っていなかった。

「そうですか。ありがとうございます」

華岡はあまりここで話をしていて、田中真司や良に見つかって必要以上に警戒されても困るので、礼を言って話を切り上げた。

女性が去っていくと、華岡は田中家のインターホンを押した。

「はい」

低い声がした。

「横浜地検の華岡です。ちょっとよろしいですか。すぐに終わりますので」

「ええ」

通話が切れると、やがて玄関の扉が開き、厚手のセーターにジーンズ姿の田中真司が出てきた。田中真司に会ったのは、山中医師の安楽死事件に関する事情聴取をして以来だった。この田中真司は三和田明事件で証人として出てきた人物だ。

三和田明について、田中真司に詳しくきいても、納得のいく答えをしてくれない。

「何かありましたか」

真司が硬い表情をした。

「奥さまとお会いできませんか」

華岡は断られるのを承知できいた。

「前にも言った通りです」

「そうですか。奥さまから淳さんのことをききたいのですが」

華岡は真司の表情を窺いながらきいた。

「すみません、妻はしばらくお話しできそうにありません」

「淳さんとの仲はどうだったのですか」

「まあ、普通の母親と息子の関係ですよ」

「喧嘩をなさったことはありますか」

「まあ、家族なので」

「意見の違いで、揉めたりしたことはないんですか」

「普通の家庭と変わらないと思います。ちょっと、いま食事中でして、早く戻りたいのですが」

真司が振り切るように言った。

「そうでしたか。失礼いたしました」

華岡は頭を下げてから、田中家を去った。


道路の窪みの水たまりに、月が浮かんでいた。昼間の雨は嘘のようで、雨が降ったお陰で空気が澄んでいて、夜空に星も綺麗に覗けた。

華岡は山下公園の近くにある行きつけのビストロに入った。

顔見知りの中年のウェイターに案内されて、奥のカーテンで仕切られた席につくと、すでに森梢が座っていた。

「待たせたな」

華岡が対面に腰を下ろした。

「急に呼び出してごめんね。取材がキャンセルになって時間が空いたから、話したくなったの」

梢のその言葉に、華岡はなぜかドキッとした。

しかし、表情に出さないようにして、

「もう三島と会って来たのか」

と、きいた。

「うん、数日前ね。紹介してくれてありがとう」

「何か参考になりそうか」

「駒形弁護士の実態を摑むところまではいかないけど、三島さんの言っていた残業代未払いで訴えていたのに急に取り下げたひとに取材をしてみることになったの」

「そうか」

「今夜会う約束だったんだけど、急にキャンセルになっちゃって」

「それで、俺を呼んだというわけか」

華岡は気づかれないようにため息をついた。

「そう」

梢は笑顔で言った。

ウェイターがやって来たので、料理と飲み物を注文した。華岡はこれから帰って調書を読み込もうと思っていたので、アルコールは頼まなかった。梢は酒に強いが、ひとりで呑むのは嫌だからと言って、オレンジジュースにした。

「でも、駒形弁護士はどうして偽証させたり、脅すようなことをしたのかな」

華岡は呟いた。

「駒形弁護士の事務所で働いていて、いまは他の大手事務所に移った弁護士に取材をしたんだけど、どうやらあのひとは相手を完膚なきまでに叩きのめしたいひとみたいなの。それで、不安材料があったらすぐに潰しにかかるそうよ。あと自尊心がものすごく強くて」

梢が説明した。

その間に、飲み物と前菜が運ばれて来た。

ふたりはグラスを合わせてから食事を始めた。

「あなたの事件でも、駒形弁護士がどんなことをしているのか気にならない？」

梢が何気なくきいてきた。

「俺の事件では、そんな変なことはしていないと思う」

「どうして？」

「ただの勘だけど……」

「三和田明の事件ではちょっと怪しいんじゃないの？」

梢がそう言うと、華岡はナイフとフォークを動かす手を止めた。

「なぜ、そう思うんだ？」

「だって、急に証人が出てきたでしょう」

「そういうことはよくある」

「でも、その証言によって裁判の結果が変わってしまったじゃない」

「まあ、そうだが」

華岡は再び皿に目を落として、ナイフとフォークを動かし始めた。たしかに、田中真司の証言には疑問が残るし、息子の淳が死んだことにも何か胸につかえるものがある。自分でもどこか三和田明の事件に裏があるのではないかと疑う気持ちがある。だが、その確たる証拠がない。だから、決めつけるようなことはしたくなかった。

それから話題は駒形弁護士から離れ、日常のことを話した。

メインディッシュを食べ終わり、食後のコーヒーが運ばれて来た時、

「そういえば、三島さんって素敵なひとね」

と、梢がとろけるような目を華岡に向けた。心なしか恋する女の色気を感じ、華岡は急に不安に掻き立てられた。

「どうしてそう思うんだ」

華岡は探りを入れるようにきいた。

「こっちの取材だったのに奢《おご》ってくれたし、その後、会員制のバーにも連れて行ってくれたの」

「会員制のバー？」

「ほら、虎ノ門に新しく出来たホテルの」

梢は言った。

華岡もそこで待ち合わせをしたが、誰でも入れる。会員制のバーではないはずだ。

「ピアノの生演奏で、中二階があるところだろう」

華岡がきいた。

「そのフロアの一角の目立たないところに入口があって、そこを入ると、会員制のバーがあるの」

「そうなのか」

華岡は自然と表情が硬くなっているのに気が付いた。

梢はそんなことに構う様子もなく、

「三島さんに今度食事に誘われたわ」

と、嬉しそうに言った。

「いつなんだ？」

「私の予定がまだ決まらないから。来週かな」

「それなら、今日は俺を誘うんじゃなくて、三島を誘えばよかったじゃないか」

「誘ったんだけど、今日は忙しいみたい」

「そうか」

華岡はさっきまで浮かれていた気持ちが、急に突き落とされたようになった。

「もうそろそろ帰ろう」

梢がコーヒーを飲み終えると、華岡は立ち上がった。

「ごめんね、あなたもお仕事あるのにね」

「いや、いいんだ」

「また今度、時間が合う時に会いましょう」

「三島に断られたら誘ってくれ」

華岡は思わず嫌味っぽく言ってしまった。

言い直そうと思ったが、

「うん、ありがとう」

梢は気にしていないのか笑顔で答えた。

華岡は複雑な気持ちを抱えたまま店を出た。

3

翌日の午前中、覚せい剤取締法違反で送検された男の書類を作成していると、電話で部長に呼ばれた。

部長室に入ると、オールバックで、眼光が鋭い強面の中年男が、

「三和田明の事件はどうなっている」

と、いきなり尋ねてきた。

「いま調べているところです」

「見通しは立ったのか」

「いえ」

「三和田明に凄腕の駒形弁護士が付いているが、横浜地検の威信にかけても控訴審で負けるわけにはいかない」

「わかっています」

「高検の検事長からも大丈夫かときかれた」

と、部長に発破をかけられた。

それから一時間くらいして、本多に留守を頼んで横浜地検を出た。

今朝方、横須賀不動産から電話がかかってきた。田中淳が転落したマンションで、一〇一〇号室に入って行く男女を管理人が昨日見かけて、華岡に伝えておきたいと言っていたそうだ。華岡は管理人から話を聞くために、磯子のマンションに行くことにした。

磯子駅の西口を出てから、横須賀街道沿いの田中淳が転落した現場のマンションまで五分ほど歩いた。

マンションのエントランスに入ると、横須賀不動産の中年の男性社員がいて、年輩の小柄な男性と管理人室の扉の前で話をしていた。

「こんにちは、華岡さん。こちらが管理人さんです」

紹介された管理人は頭を下げた。前回来た時には、管理人はもう帰ったあとだった。

「わざわざ、ご連絡ありがとうございます」

華岡は管理人と不動産会社の男を両方見て礼を言った。

「狭いですが、中に入ってください」

華岡は管理人に案内されて、管理人室に入った。

オフィスにあるような椅子と折りたたみ式のパイプ椅子がふたつ置いてあった。

華岡がパイプ椅子に座ろうとしたところ、

「検事さんはこちらに」

と、違う椅子を勧められて、そちらに腰を下ろした。

三人は車座になった。

「昨日、一〇一〇号室に男女が出入りしていたんです。検事さんがそのふたりのことを気にしていると不動産会社の方に聞いたので、注意して見ていたんです」

管理人が話し出した。

「どんなひとでしたか」

「ふたりとも帽子とサングラスとマスクで顔はわかりませんでしたが、挨拶をすると軽く頭を下げていました。男のひとは三十から四十歳の間くらいで体格がよく、女性は三十代半ばくらいの細身で、派手な感じでした。初めて注意して見てみたら、女性の方が誰だかわかったような気がするんです」

管理人はどこか嬉しそうに言った。

「どなたですか」

華岡は内ポケットからメモ帳を取り出しながらきいた。

「藤田麻里子《ふじたまりこ》さんですよ」

管理人が言った。

「藤田麻里子さん？」

華岡はきき返した。

「まあ、検事さんが知らないのも無理はありませんね。地元では有名ですけど。かつては芸能活動をされていて、ここらのちょっとした有名人でした」

「芸能活動ということは、テレビに出られていたのですか」

「そうですね。ドラマとかにも出ていましたが、特に目立った役などはしていないと思います。でも、バラエティー番組のレポーターのようなこともしていました。あとは地元FMのラジオ番組を持っていましたね」

管理人がそう言い終えると、

「磯子のPR大使なんかもしていたことがあります。三十歳くらい年上の男性と結婚していたのですが、御主人が数年前に病気で倒れてからは介護のために仕事を辞めたそうです」

不動産会社の男が口を挟んだ。

「お子さんはいるのですかね」

「小学校低学年くらいのお子さんがいるはずです」

「藤田麻里子という名前は芸名ですか」

「本名です。いまは結婚して苗字が太田《おおた》さんです」

不動産会社の男が管理人と顔を見合わせながら答えた。

「彼女はどちらに住んでいるかわかりますか」

華岡はすぐに次のことをきいた。

「私の会社が担当しているのですが、ここから車で十分くらいのところにあります。住所でいうと岡村《おかむら》というところです」

不動産会社の男が言った。

「そうですか。では、男性の方に見覚えはありませんでしたか」

華岡がふたりの顔を交互に見た。

「サングラスと帽子で顔を隠しているのでよくわかりませんでした。女性の方は有名人なので、わかりましたけど」

管理人が答えた。

「わかりました」

華岡は頷いた。

それから、色々と質問をしたが、他に有力な情報は得られなかった。

聞き取りを終え、マンションを出ると、

「よかったら、彼女が住んでいると思われる家に車で案内しますよ」

と、不動産会社の男に言われた。

「では、お願いします」

華岡は不動産会社の男の言葉に従うことにした。

マンションの駐車場に停めてあった白い軽自動車の助手席に乗り、十分ほど坂道を進んだ。

左手に大きな集合住宅が見えるカーブに差し掛かった時、

「ここですよ」

と、不動産会社の男が速度を落としながら、指で示して説明した。

華岡は屈みこむようにしてその家を見た。煙突のある二階建てのレンガ造りのような家であった。門から玄関までにも庭があって、大きな松の木が覗いていた。

車は少し進んだところで、停まった。

「私はここで待っていますので、見に行ってきますか」

不動産会社の男がきいた。

「そうですね。少し時間がかかってしまうかもしれないので、ここで降ろしてもらったらもう大丈夫ですよ」

華岡はシートベルトを外しながら言った。

「いえ、この辺りはタクシーも通らないですし、歩くと言っても駅まで少し距離がありますから。こちらで待っています」

不動産会社の男が親切に言った。

「すみません、ではお言葉に甘えます」

華岡は車を降りると、駆け足でその家に向かった。

表札には、太田と書かれていた。

携帯電話を取り出して、インターネットで藤田麻里子を検索してみた。まだ十代後半から二十代前半と思われる頃の茶髪で派手めなメイクをした顔写真が出てきた。本名については書かれていなかった。

華岡が家を見つめていたら、バンが家の前で停まった。車体の横には、「磯子リハビリテーションセンター」と書かれていた。

運転席から若い男性が降りてきて、バックドアを開けた。そこから、六十代半ばの男性が乗った車椅子を押して家の玄関までやって来た。

華岡が車に戻ろうとした時、門が開く音がして、化粧っ気のない地味な三十代半ばくらいの女性が出てきた。

女性は車椅子を押す男性に向かって頭を下げ、彼に代わって車椅子を押して、門の中に入って行った。

画像で見た藤田麻里子とは、まるで雰囲気が違っていた。

女性はちらっと振り返り、華岡と目が合った。すぐに車椅子の男性に顔を戻して何かを囁いていた。

華岡はその場を立ち去り、不動産会社の男が待つ軽自動車へと戻った。

磯子駅のホームで電車を待っていると、携帯電話が鳴った。

義父の宏からだった。

華岡は並んでいた列を離れて、電話に出た。

「徹、これから母さんの病院に来られるか」

宏の焦った声が聞こえる。

「何があったんですか」

「容態が急変したみたいだ。俺もまだ病院についていないからわからないが、さっき先生から連絡があった」

「わかりました。一時間くらいかかると思いますが、すぐに向かいます」

そう言って、電話を切った。

この間、病院に行った時に、早ければ数週間以内に亡くなってもおかしくないと言われていた。

母には確かめておきたいことが残っている。この前、病室にいた時には、なかなか言い出せなかった。

やがて、混雑した電車が来て、華岡は後ろから押し込まれるように乗った。

横浜駅で東海道線に乗り換えて、二十分くらい電車に乗り、新橋駅で降りた。

駅前でタクシーに乗り、五分ほどで病院に着いた。

病院に着くと、駆け足で病室に向かった。

病室の前で、宏と担当医の上野が話し合っていた。

「義父さん、どうなんですか」

華岡がきいた。

「いまは落ち着いている」

宏が安堵した様子で答える。

「そうですか」

華岡は病室の中を見ながら言った。

窓際のベッドで母が横たわっているのが見える。先日にはなかったチューブが鼻に通っていた。さらに、以前は四人部屋に三人の患者がいたが、今は二人だけだ。笑顔を向けていた年輩の女性の姿がなかった。

「またこのようなことが起きる可能性は高いです。いつどうなってもおかしくないということを分かっていてください」

横にいた担当医の上野が厳しい顔つきで言い、

「それから、今後の治療についてお話ししたいことがありますので、こちらにいらしていただけますか」

と、きいた。

「はい」

華岡は静かな声で答えた。

三人は少し歩いた廊下の先にある部屋に入った。そこには、楕円形の机と椅子が六脚あった。

華岡は宏と横並びで、上野の対面に座った。

横目で宏を見ると、顔が蒼くなっていた。

「由美子さんの容態は悪化の一途を辿っています。胃がんが転移して、がん性腹膜炎で腸閉塞にもなっています。高カロリー輸液や酸素吸入、経鼻チューブをするなどの治療をしています。しかし、がん細胞は高カロリー輸液に含まれるブドウ糖や酸素を優先して取り込み、病状を悪化させかねません」

上野が深刻な顔で話した。宏は瞬《まばた》きもせずに、上野の言葉を聞いていた。

「それしか治療の方法がないのですか」

華岡がきいた。

「ええ、残念ながら。輸液によって、腸閉塞が進んだり、心不全や肺水腫になる可能性も否定できません。延命治療を続けるということは、患者の苦痛を増やすことになるのです」

「緩和ケアは出来ませんか」

「さきほど、モルヒネを使いました。他にも神経ブロックするとか色々な方法がありますが、今後そういう方法でも痛みが取れないという場合が出て来るかもしれません」

「その場合にはどうするのですか」

「最終手段として、鎮静剤を投与することを考えます。しかし、これは医師の判断だけでは出来ないもので、患者本人とご家族の了承を得なければいけません」

「ということは、鎮静剤を投与することは危険なことなのですね」

「危険というのとは少し趣旨が違います。簡単に言うと、鎮静剤を投与すれば、由美子さんの意識を限りなく低下させることが出来ます。眠っている状態なので痛みは感じません。しかし、その選択をすれば、由美子さんとコミュニケーションを取ることはもう二度と出来なくなる可能性が高いのです」

上野が厳しい表情で説明した。

「つまり、眠らせて、その延長で死なせるっていうことですね」

華岡は安楽死と変わらないじゃないかと思った。

「いえ、違います。苦痛を緩和するためであって、死ぬことを目的とはしていません」

上野はきっぱりと否定した。

しかし、そう言われても結果的に同じようになるのであれば、安楽死と何一つ変わらないと華岡は思った。

「先生は、万が一の時には鎮静剤を投与した方がいいと思うのですか」

「いえ、私の立場ではなにも言えません。ただ、ご家族の意向があれば、私はそうするつもりです。ただ、一番は本人がどうしたいかだと思います」

上野が華岡と宏を交互に見て言った。

「鎮静剤のことは、先生から母に説明するのですか」

華岡はきいた。

「一応、そのような手段もあるということはお伝えします」

上野がそう言うと、

「先生、他の患者はどうしているのですか」

横から宏が口を挟んだ。

「ある患者のケースでは、本人はそれを望んでいて、ご家族が反対していました。それから話し合いをして、ご家族の意向に沿って鎮静剤は使わないことになりました。ただ、ご臨終までかなり苦しんだこともあって、ご家族は鎮静剤を使わなかったことを後悔していました」

上野が例を出し、さらに続けた。

「また他の患者では、本人もご家族も鎮静剤を投与することを決意して、実際に使用しましたが、患者の死後、ご家族は自分たちが殺してしまったという思いをずっと引きずっていると聞きます」

「そうですか」

宏が悩ましそうな顔で答えた。

「患者が亡くなられてしまっても、ご家族はその後も生きていかなければなりません。わだかまりを持って生きていくことは辛いことです。後日いらした時にでも、由美子さんとしっかり話し合われて、早めに決めておくことを希望します」

上野はそう言って、話を終えた。

部屋を出て、上野と別れたあと、宏はしばらく黙っていた。

ふたりは自然と母の病室に入り、母のベッドの横に立った。母の顔を覗き込む宏の目が潤んでいる。

「義父さん、大丈夫ですか」

華岡は声をかけた。

「由美子がいつどうなってもおかしくないと言われて、心の準備をしていたつもりだが、いざとなるとだめだな」

宏の涙が布団の上に落ちた。

「義父さんが最後に見舞いに来たのはいつですか」

「昨日だ。その時には鼻にチューブをしていたが元気そうだった」

「じゃあ、急に……」

華岡は母の寝顔を改めて見て、もしかしてこれが最後になるのではないかという嫌な気持ちに襲われた。

「お前が来る前、先生からもし誰か会わせたいひとがいたら、早めに呼ぶように言われたんだ」

宏がぽつりと言った。

「誰か会わせたいひとはいますか」

華岡はきいた。

「ああ、ひとりいる」

宏が頷く。

「誰ですか」

華岡はきいた。

「お前の嫁さんだ」

宏は顔を華岡に向けた。

「嫁？　どういうことですか」

「昨日、言っていたんだ。死ぬ前に一度でもいいから、徹の嫁さんになるひとと会っておきたいって」

「……」

華岡は何と答えていいのかわからなかった。

「由美子は、お前もいい年だし、結婚のことは考えていそうだと言っていたけど」

宏は、どうなんだという顔をした。

「いや、そんなこと考えても……」

そう言った時、ふと脳裏に森梢の顔が過った。だが、梢は三島に惹かれているような態度だったので、偽りの婚約者だとしても、親友に惹かれている女にそこまで頼むことは男としてプライドが許さない。

「もし、誰か付き合っているひとがいれば連れてきてやってくれ。無理にとは言わないが、由美子はお前のことを誰かに託したいのだろう」

宏がしみじみ言った。

華岡は何も答えずに母に顔を向けた。

目を閉じている母の表情は穏やかで、病気だということを忘れるほどだった。

しばらく、無言で宏と一緒に母を見ていると廊下から足音が聞こえてきて、病室の前で止まった。

「華岡さん、すみませんがもうお時間なんです」

中年の女性看護師が申し訳なさそうに伝えた。

華岡と宏は眠っている母に「また来るから」と言って、病室を出た。

それから、一緒に食事をしないかと誘われた。華岡は、ちょうど宏とも話したいことがあったので、病院を出て、新橋駅に向かう途中の焼き鳥屋に入った。

カウンター席に案内されて、ふたりは生ビールとおまかせのコースを頼んだ。

ビールが運ばれてきて、ふたりがジョッキを合わせた。

しばらく話していたが、宏が急に黙りこくってしまった。

宏はジョッキを置いて、目を伏せていた。

母のことを考えているのだろうか。

その悲しげな横顔を見てハッとした。亡き実の父に似ていた。

「どうしたんだ」

宏が不思議そうにきいた。

「横顔を見ていたら死んだ父さんのことを思い出して」

華岡がそう言うと、

「兄弟だから似ているんだろうな」

宏が軽く笑った。

「今まではそう思ったことはなかったんですけど」

華岡は亡父の顔を思い浮かべていた。

カウンターの中から焼き鳥が一本ずつ供される。平らげると程よいタイミングで次の串が出て来る。

「兄弟の仲はどうだったんですか」

華岡がきいた。

今まで亡き父のことに関して、宏にきいたことがなかった。

「俺が高校生の頃までは喧嘩ばかりしていた」

「え？　喧嘩ですか」

「ああ、殴り合いもした」

宏は苦笑いしながら答えた。

温厚な宏と、亡き父が喧嘩したとは意外だ。どちらにも殴られたことのない華岡にとって、ふたりがそんなことをするのが想像できなかった。

「どうしてですか」

華岡は前のめりになってきいた。

「ずっと、両親が兄さんのことばかり可愛がっていると思っていたんだ。それで、俺は兄さんが何かするたびにずっと突っかかっていた。兄さんはしたいことがあるからと大学に行かずに東京に出て就職したが、俺は口うるさく大学に行けと言われていた。だが、あとで気付いたんだが、兄さんも本当は大学に行きたかったのに、俺を大学に行かせるために強がりを言って働いて、学費を稼いでくれたんだ」

宏が遠い目をして言った。

さらに宏は続けた。

「それから、俺は兄さんに感謝するようになった。いや、感謝というより尊敬さえしている。だから、兄さんの望みは出来るだけかなえてあげようと思うようになったんだ」

ふと、田中淳と良は互いにどんな感情を持っていたのだろうと思った。

食事を終えると、焼き鳥屋を出て、新橋駅まで歩いた。

そこで宏と別れた。

帰りの電車の中で、母の容態を巡って自分たち家族に起こりうることが、田中淳とその家族が直面した問題と重なるような気がした。

だが、華岡は鎮静剤を投与することは安楽死であり、母がそれを望んでも絶対受け入れないと強く思った。

4

翌日の昼前、華岡は横浜地検の自室で山中征爾の取り調べをしていた。

昨夜、家に帰ってからずっと鎮静剤のことを調べていた。

上野医師に説明されたものは、終末期鎮静というものであった。

耐えがたい患者の苦痛を取り除く目的で、鎮静剤を投与することだ。死亡直前の苦痛に対するケアと対象が限られており、死なせることを目的としていないので、安楽死とは違うという位置づけである。

しかし、患者の意識が低下して眠ったまま死を迎えることから、安楽死に非常に近い処置だと反対する医師もいるそうだ。

それを踏まえた上で、

「田中淳さんが気管内チューブを外して苦しんでいた時に、肉体的痛みを緩和させるために鎮静剤を投与するという考えはなかったのですか」

と、山中征爾にきいた。

「あの段階で鎮静剤の投与をすれば、確かに痛みは緩和出来るかもしれません。ただ、患者の意識を低下させてコミュニケーションを取れなくするということに抵抗がありました」

山中は硬い表情で答えた。

「田中淳さんはもう意識がなかったのでは？」

華岡がきいた。

「はい。でも、意識が戻る見込みがまったくゼロではありませんでした」

「では、筋弛緩剤を使用して、もし田中淳さんが亡くならずに、それでも苦しんでいた場合にはどのような治療を考えていましたか」

「その時になってみないとわかりません」

「つまり、それより先のことは筋弛緩剤の他は考えずに使用をしたのですか」

「緊急のことなので、目の前のことに対処することで頭がいっぱいでした。最終的には、鎮静剤を投与することも視野に入れるかもしれません。ただ、私は今まで鎮静剤を使ったことがないのでわかりません」

山中がきっぱりと言った。

「では、あらゆる治療をしても取れない痛みの緩和はどうしていたのですか」

「八割方はオピオイド鎮痛薬などで対処して、緩和出来ていました」

「残りの二割はどうなのですか」

「神経ブロックや放射線、抗がん剤です」

「それでも取り切れない痛みというのはないのですか」

「私の経験ではありませんでした」

山中がそう答えてから、

「検事さん、これらの質問は田中淳さんとは関係ないのではありませんか」

と、指摘した。

華岡は、つい自分の母に関連することをきいてしまっていると気付いた。

だが、山中が言うことには何も答えず、

「今日はこれくらいにします」

と、取り調べを終えて、調書にサインをさせた。

山中が引き上げる時に、

「そういえば、検事さんのお父さんは都立世田谷病院で亡くなられたのですよね」

と、口にした。

「どうして、それを？」

華岡は驚いてきいた。

「まあ、医者なので」

山中は短く答えて、部屋を出て行った。

だが、華岡の心はもやもやしていた。

「華岡検事、鎮静剤とか言っていましたが、一体何の話ですか」

本多が首を傾げていた。

「いや、終末期医療のことを調べていて、そういうものがあると知ったんだ。直接事件に関係あるかどうかわからないがきいてみた」

華岡は誤魔化《ごまか》した。

昼休みに入ると、華岡の元に三島から電話が掛かってきた。

梢のことで三島に探りを入れたいと思っていた。しかし、三島から梢のことを聞く勇気が持てずにいた。

「三島、どうしたんだ」

「いや、梢さんと話したことでお前に知らせておきたいことがあるんだ」

三島が真面目な声で言った。

「何の話だ？」

華岡は恐る恐るきいた。

「梢さんに紹介した、残業代が未払いだった男が、もしも週刊誌にそのことが載った場合、俺を名誉棄損で訴えるというんだ」

「急にどうしてだろう」

「駒形弁護士がその噂を聞きつけて、動いたんじゃないかと思う」

三島は疑うように言った。

「いや、そこまではしないだろう」

華岡は俄《にわ》かには信じられない。

「いま会社のプロジェクトで重要なものがあるから、裁判なんかで時間を使いたくないし、このことがきっかけでプロジェクトがなくなるという最悪のことだって考えられなくはない。それに、梢さんにも圧力がかかっていなければいいと思ったんだ」

三島は深刻そうに語った。

「梢には連絡したのか」

「さっき、連絡したけどまだ返事はない。お前は何か知っているかなと思って」

「俺は彼女とはもう何も関係ない」

華岡は突き放すように言って、

「梢のことならお前の方が知っているだろう」

と、決めつけた。

「どうして、そんなこと言うんだ」

「梢はお前に気がありそうだぞ」

「それはないだろう。まだ、お前に未練があるように感じたけど」

三島が言い返した。

「どういうことだ？」

「梢さんはお前のことをやたら気にしていた」

「まさか」

「本当だ。お前の話ばっかしだった」

三島は強調した。

「でも、この間食事した時は、お前のことをやたらと褒めていたぞ」

「え？　駒形弁護士の話しかしなかったけどな」

「会員制のバーに一緒に行ったんだろう？」

「いや、いつもどんなところで呑むのかきかれたから、会員制のバーに行くと答えたんだ。冗談でこの後行きますかと誘ったけど、あっさり断られたんだ」

三島が笑いながら言った。

華岡は戸惑った。

梢は会員制のバーに行ったと言っていたけど……。

三島は華岡のことを気にして、嘘をついているのだろうか。

「お前の気を引くために、わざとそんなことを言ったんだ」

三島がわかったような言い方をした。

「でも、次に会う約束もしたんだろう？」

華岡はまだ半信半疑できいた。

「していない」

三島ははっきりと否定した。

華岡は胸に詰まっていたものが急に取れたような気分になった。今までもやもやしていたのが、急に馬鹿らしく思えてきた。

「それより、梢さんと連絡を取ってみてくれ」

三島が頼んだ。

「わかった」

電話を切ると、華岡は梢に電話をかけた。

彼女は一度電話に出たが、あとで掛け直すと言って切った。

それから一時間後、華岡は横浜地検の部屋で三和田明の事件の調書を読み返していた。刃物で刺されたあとに、頭部をリビングにあった花瓶で殴打された。その傷が致命傷となった。問題なのは、なぜ、刃物で刺したうえに、花瓶で殴ったのか。その点が今になって疑問に思う。弁護側は強盗犯の仕業だと主張している。裁判の途中で田中真司が三和田明の家から出て来る不審な人物を見たと証言している。田中真司がなぜその時間に、その場所にいたのか。ケーキを買いに行ったと言っていたが、釈然としない。

部長から発破をかけられたが、この点が解明できなければ勝てる見込みはない。

控訴審である高等裁判所での裁判は、高等検察庁の検事が担当する。このままでは高検の検事に迷惑をかけるだけだ。

そんなことを考えていると、梢から着信があった。

「もしもし」

「どうしたの？」

「さっき、三島から電話があって、残業代未払いの男が」

華岡が説明している時に、

「それで私も追われていたの」

と、言葉を被せてきた。

「どうなった？」

「彼は今まで取材に協力的な姿勢を見せていたのに、急に態度を変えたの。やはり、おかしいじゃない。だから、もし訴えるなら私も対決姿勢を見せると言ったわ」

梢が威勢よく言った。

「そうか。その男は三島を訴えると言っているそうだ」

「え？　三島さんを？」

「そうだ。いま大事なプロジェクトがあるそうで、悩んでいた」

「どうしよう」

梢が急に困ったような声を上げた。

「相手はただの脅しで、実際に訴えるつもりがあるかどうかわからない。だが、三島からしてみれば不安だろう。よく話し合ってみた方がいいな」

「そうね。知らせてくれてありがとう」

梢が電話を切ろうとした。

「待ってくれ」

華岡は慌てて止めた。

「どうしたの？」

「君にお願いしたいことがある」

華岡はひと呼吸置いてから、

「実は俺の母が病気で、もう先が長くないんだ。母は死ぬ前に俺の嫁を見たいそうなんだ」

「お嫁さん？」

「ああ、母は俺に結婚相手がいたら安心できるんだろう。でも、俺にはそんなひとはいない。嘘でもいいから母の願いはかなえてやりたいんだ」

「それで、私に？」

梢がきいた。

「そうだ」

華岡は頷いた。

「他にいないの？」

「君しかいない。引き受けてくれないだろうか？」

華岡は真剣に頼んだ。

「いいわよ」

梢はあっさりと答えた。

「本当か。ありがとう」

華岡はまさかこんな素直に引き受けてくれるとは思わなかった。

「いつなの？」

「まだ決まっていないが、ここ数日の間だと思う」

「わかったわ。じゃあ、日時が決まったらすぐ知らせてね。スケジュールを空けるから」

「すまない」

華岡は電話を切った。

窓際に立って、外を見ながら、梢がやっぱり好きだと改めて気づいた。もう一度梢とやり直せるのではないかと淡い気持ちを抱いた。

5

この季節にしては珍しく、夕方になっても気温が十五度あった。コートを着ていると少し汗ばむので、手に持って横浜駅の近くにある喫茶店の前で待っていた。

待ちながら、梢のことに想いを馳せていた。

梢は母のところに行ってくれる。これを機に本当にプロポーズしたらどうなるんだろうか。母の希望通り、このまま結婚してもいいのではないか。

そんなことを想っていた。

午後六時半、田中良がアルバイト先の喫茶店から出て来た。

華岡は彼に近づいた。

「あっ」

良が気付いたようで声をあげた。

「待ち伏せしたようで、すみません。ちょっと、お話をよろしいですか」

華岡が軽く頭を下げてからきいた。

「この前話した以上のことはないですよ」

良は困惑気味に言う。

「いえ、淳さんが亡くなられた時のことではありません。ご家庭内のことをお伺いしたいのです」

華岡は要点を告げた。

「今日は早く帰りたいのですが」

良は苦り切った表情で言った。

「では、明日でもお話を伺えますか」

「明日は授業があるんです」

良は即座に答えた。

「大学の近くでも構いませんよ。ほんの三十分くらいですから」

華岡は相手が言い訳をしても、しつこく食らいついた。

「わかりました。三十分くらいなら今お話しします」

良は眉を寄せて言った。

「この間と同じところでいいですかね？」

華岡はそうきくと、近くのチェーン店のカフェに入った。

店内は半分くらいしか埋まっておらず、周りにひとがいない奥まった二人用のテーブル席に座った。

ふたりが頼んだコーヒーが運ばれて来てから華岡は話を切り出した。

「淳さんのことをどう思っていましたか」

華岡はいきなりきいた。

以前、同じ場所で良と話した時に、ふたりは普通の兄弟と同じで、喧嘩をすることもあれば、一緒に出掛けることもあると言っていた。

しかし、近所のひとから良は金をせびられていたという話をきいて、普通の兄弟とは違うと感じていた。

「僕とは何から何まで違うので、何を考えているかはわかりませんでした」

良はぽつんと言った。

「どういう風に違うのですか」

「たとえば、兄は勉強よりもスポーツが好きでした。特に野球が」

「では、普段どんなお話を？」

「ニュースの話題とかですかね」

「学校でどんなことがあっただとか、日常的なことは話さなかったですか」

「あまり……」

良は首を横に振った。

「淳さんと一緒にいて楽しかったですか？」

華岡は不躾《ぶしつけ》だと思ったがきいた。

「楽しい時もあれば、そうじゃない時もありました」

「淳さんを嫌いになったことはありますか」

「どうでしょう。幼い頃、意地悪をされた時には嫌いになったかもしれませんが、ある程度大きくなってからはそういう風に思ったことはありません」

「意地悪をされるというのは、具体的に言いますと？」

華岡が尋ねた。

「おもちゃを取られたりとかですかね……」

良が答えた。

「そういうことはよくあったのですか」

「はい」

以前、心理カウンセラーに、他人のおもちゃを取るような子どもは、相手の気持ちを尊重しなければならないとわかっているのにも拘わらず、自分が欲しいという気持ちとの折り合いがつかずにおもちゃを取ってしまうことが多いと聞いた。淳の場合もそうだったのではないだろうかと思った。

「そういう時はどう収束されたんですか」

「はい、母が必ず止めに入っていました。そして、兄を怒りました」

「お兄さんだけ？」

「はい、多分年上だからだと思います。兄が譲ってあげれば、喧嘩にならないと言っていたような気がします」

良は思い出すように上目遣いで言った。

「あなたも母親に怒られることは多かったのですか」

「いいえ、両親からあまり怒られませんでした。それもあって、兄は僕のことを羨《うらや》んだこともあった気がします」

良は自信なげに言った。

「淳さんは幼い頃だけでなく、もう少し大きくなってからも怒られることは多かったのですか」

「はい。あまり辛抱強い方ではなかったので、地頭《じあたま》はいいのですが学校や塾の勉強をサボったりして、野球に夢中になっていました。それを注意されていました」

「どういう風に注意されていたのですか」

「大声で怒鳴ったりは絶対にしません。優しく諭すようにしていたと思います。ただ、兄は昔からそういう注意のされ方が好きではなかったように思えます」

「どうしてでしょう？」

「憐《あわ》れんでいるように聞こえると言っていました」

「なるほど。お父さんは教育熱心だったようですね」

「まあ、教育熱心といえばそうかもしれませんが、勉強だけを押しつけていたわけではありません」

「と、言いますと？」

「兄のテストの点数が悪かったから、野球を辞めろとか言っていましたが、テストでいい点数さえとれば、別に野球しようが何しようが構わないというスタンスでした」

良が説明した。

「淳さんは成績が悪くて、お父さんと口論になっていたんですよね」

華岡は確認した。

「そうです」

「あなたは成績がよかったのですか」

「はい」

良は遠慮がちに答えた。

「そのことで、淳さんから嫉妬されたり、恨まれるようなことはありませんでしたか」

「それは、あったかもしれません」

「淳さんは直接あなたに当たってくるのですか」

「そういう時もありました」

「それは、喧嘩を吹っかけてくるとか？」

「いえ、そこまで露骨ではないですが、嫌味ったらしく、『お前は父さんと母さんに気に入られている』と言ってくるとかです」

「実際にあなたの方が淳さんより気に入られていたのですか」

「勉強の面ではそうかもしれませんが、兄も大切にされていたと思います」

「淳さんはそう思っていなかったのですね」

「おそらく……」

良は考えるような顔をして頷いた。

「淳さんはあなたのことをどう思っていたのでしょうか」

華岡は改まった声できいた。

「さあ、どうなんでしょう」

良は首を傾げた。

誤魔化しているというより、本当にわからないように見えた。

「嫉妬や嫌味を言われても、優しくされたりしましたか」

「特にこれといって、優しくされたという思い出もありません。不親切だったわけではないですが、兄は僕とは反りが合わないと思っていたかもしれませんね」

良はコーヒーカップに手を付けた。

「淳さんにされた一番いやなことは何でしたか」

「……」

良は考えこんでいたが何も言葉を発さなかった。何か言いたげだが、それをなかなか口に出来ないでいるように思える。

「近所の方の話だと、淳さんにお金をせびられていたとか」

華岡は踏みこみすぎかと思ったが、きいてみた。

「いや……」

「そういうことはあったのですか」

華岡は静かにきいた。

「一度だけ」

良は伏し目がちに答えた。

「どうして、淳さんはお金を要求してきたのでしょうか」

「たまたまお小遣いが底を突いたのではないでしょうか」

「本当に一度だけなんですか」

華岡は強い口調できいた。

「はい」

良は怯えるように頷いた。

「もし、そういう性格であれば、何度も要求してくると思うのですが」

「わからないです」

良が答えるのを逃げた。

「暴力を振るわれたことはなかったですか」

華岡は確かめた。

「……」

しつこくきいても、教えてくれなそうであった。今日は三十分だけと伝えてあるので、時間がきて打ち切られるかもしれない。

「ところで、淳さんは野球が好きだったのですよね」

華岡は質問を変えた。

「はい、とても好きでした」

良は答えやすそうに返事した。

「小学生の頃から野球をしていたんですよね」

「そうです」

「中学の野球部ではベンチだったと言っていましたが、それは勉強と両立させたために練習に力を入れられなかったからですか」

「どうでしょう。野球は誰よりも好きだと思いますが、元々素質がなかったのかもしれません。体力も運動神経も僕と似たようなところがあります。僕は足も遅ければ、反射神経も良い方ではないので」

良は恥じるように言った。

「そうですか。野球を中学三年生で辞めたと仰っていましたよね」

「はい」

「野球部を辞めたことに関して、ご両親は何と言っていましたか」

「父はこれで成績が上がればいいと言っていて、母もいい選択をしたと喜んでいたと思います」

「淳さんは、本当は野球部を辞めたくなかったのではないですか」

「そうだとは思いますが、仕方がないと諦めていました」

高校生の頃、母親に対して暴力を振るっていたという近所の女性の証言から、野球を辞めたことがきっかけなのではないかと思った。

淳の気持ちになって考えると、好きだった野球を辞めると言った時の両親の態度にがっかりしたのではないだろうか。もっと、淳の気持ちを汲んであげれば、暴力を振るうことなどなかったのではないか。

「野球部を辞めたことをきっかけに、淳さんに何か変化はありましたか」

華岡はきいた。

「あまり外に出掛けなくなりました」

「お家で何をされていたのでしょうか」

「部屋に閉じこもっていたのでよくわかりません。多分、ゲームなどをしていたと思うのですが」

「高校にはちゃんと行っていたのですか」

「いえ、両親には学校に行くと言って家を出ていましたが……」

「ご両親にはバレなかったのですか」

「担任の先生から連絡が行って、父にこっぴどく叱られていました。母は高校くらいちゃんと行かなきゃだめだと言い聞かせていました」

「それで、淳さんは高校に行くようになりましたか」

「少しは行くようになりましたが、またサボったりしていました。その度に父に叱られて、母に諭されていました」

「そうでしたか」

華岡は何となく、淳の気持ちがわかるような気がした。両親には恨みはなかったが、思春期には、どうしても亡き父のことで思い出すことがあり、両親に素直になれなかった時期がある。

「淳さんがお母さんに当たることはなかったですか」

「それは……」

良は少し考えてから、小さく頷いた。

「あったのですね」

華岡は確かめた。

「たまに」

良は言いにくそうに答えた。

「お母さんはどうされていたのですか」

「為《な》す術《すべ》がなかったようです。出来るだけ兄の機嫌を取るようになりました」

「誰かに相談することはなかったですか」

「一度、精神科に無理やり連れて行ったことがあります。そうしたら、兄は激怒して、母を殴りました」

「その時にも、ただ耐えていただけだったのですか」

「はい」

「お父さんには相談しなかったのですか」

「母は自分で解決しようとしていました。兄の機嫌を直すために、色々努力をしていました」

「たとえば？」

「好きな歌手のコンサートに連れて行こうとしたり、小学校の時に仲の良かった同級生を家に呼んだりしていました」

「淳さんはどんな反応でしたか」

「あまり興味を示しませんでした。ただ、ひとつだけ兄が笑顔になった時がありました」

「何ですか？」

「たまたま近くの球場でプロ野球の試合があったんです。そこに兄の好きだった選手がスタメンで出るので、観に行きました」

「好きな選手というのは？」

華岡は何気なくきいた。

「三和田明です」

「三和田明？」

華岡は思わず声を上げた。

「そうです。その日、三和田がホームランを打ち、兄がそのボールをキャッチしたんです。それで、試合後、出待ちをして三和田のサインをボールに書いてもらっていました。三和田が活躍したのは、それくらいでした。若いのに引退して、兄はすごくショックを受けていました」

良は息継ぎをして続けた。

「三和田の引退後、兄から笑顔が消えました。大袈裟かもしれませんが、三和田明が兄の生きる支えだったように思えます」

良が淡々と話した。

「淳さんは、三和田明の引退後に会いに行ったりしていたのですか」

華岡が前のめりにきいた。

「わかりません」

良が首を傾げた。

田中淳と三和田明は付き合いがあったのではないか。そうすると、田中淳の死と三和田の事件がどこかで繋がっているのかもしれない。

華岡は新たな発見に胸が高鳴った。

第四章　家族

1

昨夜は雨が雪へと変わり、厳しく冷え込んだ。

朝にはもう雪は止んでいた。

官舎を出ると、雪が融けて道路に水たまりをつくっていた。そこを通った車が泥水を跳ね上げ、道路脇の残雪に浴びせた。

華岡は雪を踏んで横浜地検へ向かって歩きながら、田中淳と三和田明の関係を考えてみた。

淳は昔から三和田の大ファンで、さらにサインをもらったこともある。ただ、それだけの関係なのだろうか。もしかしたら、三和田の妻の殺人事件にも、淳が何か関わっているのではないのか。

三和田は第一審で無罪判決が出て、釈放されている。だが、必ず刑務所に送り込んでみせる。そのためには田中真司の証言を崩さなければならない。淳が仮に殺人事件に関わっているとしたら、それを庇《かば》うために父親の真司が嘘の証言をしたとも考えられる。

その証拠さえつかめれば、控訴審で勝つことが出来るのだ。

そんなことを考えていると、横浜地検に着いた。

二階の奥にある自分の部屋に入ると、検察事務官の本多士郎が机の上に資料を広げていた。華岡が入って来たことに気が付くと、

「ちょっと、これを見てください」

いきなり地元新聞の朝刊を差し出してきた。

元プロ野球選手の三和田明が友人の車に乗っていて事故に遭った。磯子駅付近で雪のためスリップして、乗用車が歩道に乗り上げ、コンビニに突っ込むという事故を起こした。

運転していたのは、ガソリンスタンド経営をしている村瀬公一であった。

「この村瀬って」

華岡は、はっとした。

「そうです。田中淳が転落したマンションの一室を借りているひとです」

本多が興奮気味に言った。

村瀬は磯子のマンションを借りている。その部屋にサングラスや帽子で変装した男女が出入りしている。ひとりは元芸能人の藤田麻里子という女で、男の方はわからなかった。

しかし、そのマンションから田中淳が転落したことを考えると、その男が三和田明なのではないかと思いついた。

「三和田明と藤田麻里子に、番組などで接点があったか、調べておいてくれ」

華岡は頼んでから、自分の机に座った。

それから、受話器を取って、磯子中央警察署に電話をした。

「横浜地検の華岡徹と申しますが、昨日磯子駅付近で起こった交通事故の担当の方に代わってください」

「かしこまりました。少々お待ちください」

電話が保留になり、しばらくして低い声の男に代わった。

「はい、担当の河村《かわむら》です」

「昨日の交通事故について、詳しくお聞きしたいのですが。三和田明という男が助手席に乗っていたんですね」

「そうです。無罪判決が出たので、そのお祝いで村瀬公一と磯子駅の近くのスナックで呑んでいたそうです。その帰り道に事故は起こりました。雪のためにスリップしたということもありますが、事故の原因は飲酒運転だと考えています。なので、今日の午前十一時から事故現場に行って、本人を立ち会わせて、もう一度確認しようと思っています」

河村は答えた。

今日のスケジュールは午後から送検されてくる者たちの事情聴取をしなければならないが、午前十一時ならば行ける時間だ。

「いま村瀬はどうしていますか」

「自宅に帰しましたが、あとで警察署に来てもらい、もう一度現場に行きます」

「私もそちらに行ってよろしいですか」

華岡がきいた。

「ええ、構いません」

河村は了承した。

「ちなみに、三和田明はどうしていますか」

「軽い打撲ぐらいで済みました。警察からきくことがあるかもしれないので、自宅待機しているように指示しました」

華岡はそのことを聞くと、礼を言って電話を切った。

腕時計を見ると、あと三時間ある。

それまで、細かい仕事を終わらせようと、書類を開いた。


午前十一時、華岡は磯子駅に降りた。空はすっかり晴れわたっており、昨日の雪の面影は殆どなくなっていた。

しかし、海から吹き付ける風が肌を刺すように痛かった。

西口を出て、ロータリーを少し外れたところで、制服巡査ら数名が現場検証をしていた。

突っ込んだと思われるコンビニはガラス窓が割れて立ち入り禁止になっていた。

そこに、村瀬が立ち会っていた。

村瀬は、この間会った時と同じようなライダースジャケットを着ていかつい恰好をしている。三和田の姿はなかった。

華岡は制服巡査と村瀬に近づいた。

村瀬は華岡を見るなり、「あっ」と声を上げた。

「村瀬さん、先日はありがとうございます」

華岡が挨拶すると、村瀬は軽く頭を下げた。

それから、制服巡査に顔を向けた。

「先ほど、お電話した華岡です」

「あ、どうも。河村です。まだ現場検証が終わっていないので、村瀬さんから話を聞くのはこれが終わってからにしてもらえますか」

河村が丁寧な口調で言った。

「ええ、もちろんです。私はここで待っていますから」

華岡はそれから二十分ほど待った。

現場検証が終わると、河村が「お待たせしました」と声をかけた。

華岡は村瀬を端に呼び寄せ、

「昨日、三和田明さんと一緒に呑んでいたみたいですね」

と、さっそく切り出した。

「はい……」

村瀬は気まずそうな顔をして答えた。

「ふたりで呑んでいたのですか」

華岡はさりげなくきいた。

「そうです」

村瀬は俯き加減に答えた。

「三和田さんとは親しいんですか」

「まあ、昔からの知り合いです」

「昔からというと?」

「あいつが小学生の頃からです」

「どういう経緯で知り合ったのですか」

「私が少年野球チームのコーチをしていたんですよ。それで、あいつには才能があるからと思って、強いリトルリーグのチームに入れたんです」

「それ以降、ずっと親交があるんですか」

「まあ、そうですね」

村瀬は頷いた。だが、せわしなく足踏みをしているのがわかった。

「あなたが借りているマンションの部屋なのですが、そこにも三和田さんは出入りしていたのですか」

華岡はきいた。

「あの部屋には誰も入れないですよ」

村瀬は即座に否定する。

「でも、この間、あの部屋は趣味のものを置くために利用していると仰っていたじゃないですか。それで、それを見に来るひとたちがいるって」

華岡がそう言うと、

「あっ、そういう意味でしたら、そうですね」

村瀬は慌てるようにして認めた。

「どういう意味だと思ったのですか」

華岡は村瀬の様子を不審に思ってきいた。

「いえ、あの部屋を誰かに貸しているのかと、きかれたと思ったんです」

村瀬は説明した。だが、何か隠している感じは拭えない。

「三和田さんが訪ねてくるようなことはあるんですか」

「まあ、何度か」

村瀬が俯き加減に答えた。

すると、あのマンションには三和田明と田中淳の両者が出入りしていたことになる。田中淳がなぜあのマンションに行ったのかはわからなかったが、三和田明がその部屋を利用していたとなれば、田中淳があのマンションに行ったことの理由になりうる。

「他にはどんな方があの部屋に出入りしているのですか」

華岡はきいた。

「どんな方と言われましても……」

「元芸能人の藤田麻里子さんも出入りしているそうですね」

華岡は改まった声で言った。

変装はしていたが、管理人が藤田麻里子に間違いないと言っていた。彼女の夫は三十歳ほど年上で、車椅子を使っている。一緒に出入りしていたのが、夫ではないことは確かだ。

「藤田麻里子さんは、そうですね、たしかに……」

村瀬は歯切れの悪い答えを返した。

だが、藤田麻里子があのマンションにやって来ていることを認めたことになる。

「いつも男性と一緒のようですが、それは一体誰なのですか」

華岡が鋭い口調できいた。

「……」

「わかりませんか」

華岡は困惑した表情を浮かべる村瀬を追及した。

「ごめんなさい。私がいない時のことはわかりません」

村瀬は惚《とぼ》けた。

「あなたは、さっきは誰にも部屋を利用させていないと言っておきながら、自分がいない時に藤田麻里子が利用しているとは矛盾していませんか」

華岡は指摘した。

「いや」

村瀬は口ごもった。

「あの部屋は一体、何に使われているのです？」

「前にも説明したように、趣味の部屋です」

「でも、この間伺った時には、それらしい物はなかったですけど」

「あの時は色々と整理したあとだったんですよ」

「そうですか。もう一度、あのお部屋を見せていただいてもよろしいですか」

「いえ、それは困ります」

「どうしてですか」

「なんか、私が疑われているみたいじゃないですか。いくら、検事さんだからといって、勝手にそんなことしていいんですか」

村瀬は突然怒り出した。

「ですから、こうやってあなたにお願いしているわけです」

「令状があるわけでもないですし、断ることも出来るんですよね」

「はい。ですが、理由もないのに断れば、こちらも勘ぐってしまいますよ」

「理由ははっきりしています。プライベートの空間を侵されたくないんです」

村瀬は真っ赤な顔をして言い返した。

「わかりました」

華岡が少し離れたところにいる河村を見た。

すると、河村が近づいて、村瀬を連れて警察車両に乗り込んだ。

後ろからその姿を見つめ、村瀬は知らないと言い張っているが、三和田明にあの部屋を貸しているのは間違いないと華岡は確信した。

2

警察車両が走り去ったあと、携帯電話が鳴った。

相手は本多だった。

「もしもし、何かあったか」

華岡は電話に出た。

「今から十二年前に、ニュース番組のスポーツコーナーで、藤田麻里子がレポーターとして、三和田明に単独インタビューをしています。まだ新人の三和田が活躍を期待されていた頃です。テレビ局のスタジオで、シーズンにかける意気込みや目標などを語っていました。番組で使われた部分は五分程度だったのですが、テレビ局まで来ていることを考えると、三十分から一時間くらいはインタビューを行っていたと思います」

本多の報告で、ふたりに接点があることがわかった。藤田麻里子と三和田明は不倫関係にあるかもしれない。

「俺はこれから三和田を訪ねてみる」

華岡は意気込んで言った。

「三和田をですか？」

「そうだ」

「会ってくれますかね」

「ダメもとだが、色々ときいてみたいんだ」

華岡はそう言って、電話を切った。

それから、駅前のタクシー乗り場に向かった。この時間帯はあまり客が多くないのか、先頭で待機しているタクシーは後部座席のドアを開けてあり、運転手は外に出て空を見上げていた。

華岡がタクシーに近づくと、六十代くらいの運転手は慌てて車内に戻った。

開いたドアから乗り込み、

「上大岡の方に行ってもらいたいのですけど」

と、三和田明の家の住所を言った。

「はい」

運転手はしゃがれた声で答えて、出発した。

タクシーは磯子旧道を進み、地元民でなければ知らないような脇道を使って、十分くらいで三和田明の家の前に到着した。

華岡はメーターに表示された料金を払い、タクシーを降りた。

閑静な住宅地で、二、三階建ての一軒家が建ち並ぶ。どこの家にも十分な広さの駐車場があった。

三和田明の家は、二階建てで、レンガ造り風、差しかけ屋根だ。門から玄関まで数歩しかない。

ちょうど、宅配業者のドライバーが三和田の家の門を開けて中に入り、インターホンを押した。

三和田が出てきて、サインをすると荷物を受け取った。

華岡はドライバーと入れ違いに門を入り、

「三和田さん」

と、声を掛けた。

「はい?」

三和田が振り向いて、あっという表情をした。

「お久しぶりです。横浜地検の華岡です」

華岡は軽くお辞儀した。

「わかっています。何の用ですか」

三和田はぶっきら棒にきいてきた。

「伺いたいことがあるんです」

華岡は三和田を真っすぐに見て言った。

「いま忙しいんですけど」

三和田は苛立つような口調で、舌打ちをして目を背けた。

「すぐ終わります。昨日は大変だったみたいですね。怪我の方は？」

「大丈夫です」

「さっき、村瀬公一さんに会ってきたんです。村瀬さんとは昨日、一緒にお酒を呑んでいたらしいですね」

「まあ……」

「村瀬さんとは昔からの知り合いだそうですね」

「ええ」

「磯子駅から歩いて五、六分くらいのところに村瀬さんが経営しているガソリンスタンドがありますよね」

華岡がきくと、三和田は眉間に皺を寄せた。

「その前のマンションの一室を村瀬さんが借りていますね」

「さあ、私にはわかりませんが」

三和田は他人事のように言った。

「三和田さんも、そこに行かれたと村瀬さんが仰っていましたけど？」

「……」

三和田は押し黙った。

「あのマンションで何をしていたのですか」

華岡はきいた。

「ただ、村瀬さんの趣味のものを見せてもらっていただけです」

「そうですか。ちなみに、同じフロアの非常階段から転落死した男性がいるのですけど、ご存じですか」

「ニュースで見ました」

「死んだのは田中淳という男性なのですが、ご存じでしたか」

「田中淳？」

三和田は首を傾げた。

「あなたの大ファンで、サインをしてもらったことがあるそうですが」

「いえ、覚えていないです」

「今年、二十五歳の方です」

「さあ」

「本当に知りませんか」

「知りませんよ」

「奥さんが殺された事件で、あなたの無実を証明した田中真司さんのご子息です」

華岡は説明した。

「いくら、聞かれても知らないものは知りません」

三和田はやや強い口調で言った。苛立っているようだ。

「そうですか。ちなみに、藤田麻里子さんのことはご存じですか」

「藤田麻里子？」

「元芸能人の方です。この辺りでは有名だと聞きましたが」

「ああ、そういう人もいましたね」

「顔馴染みではないんですか」

「知らないです」

三和田は言い切った。

「おかしいですね。十二年前に、藤田さんがあなたにインタビューをしているのですが」

華岡は相手の反応を窺うように、相手を凝視した。

「インタビューは色々と受けてきているので、わかりませんよ」

「でも、わざわざテレビ局まで行ってインタビューを受けたそうじゃないですか。結構、長い時間だと思うのですが、思い出せませんか」

華岡は問い詰めるようにきいた。

「まったく」

三和田は首を横に振り、

「ちょっと、もう時間ないんです」

と、追い返すように言い、玄関の扉を閉めようとした。

「そうですか。ありがとうございました」

華岡は扉が閉まると、三和田の家を離れて行った。

その後、上大岡駅まで十分ほど歩き、横浜市営地下鉄ブルーラインで関内駅まで戻った。

駅を降りて、横浜地検まで歩いて向かった。

三和田明と藤田麻里子は不倫をしている。密会場所として、村瀬の借りている部屋を使っていたのだ。

そこに、なぜ田中淳が来たのか。

三和田と田中淳があの部屋で会っていたとしたら、一体何を話していたか。

そんなことを考えているうちに、横浜地検に着いた。

二階の奥にある自分の部屋に戻ると、本多が遅めの昼食を摂りながら、他の事件の資料を作成していた。

それから、華岡は傷害事件や交通事故などの被疑者の事情聴取を行い、午後五時にはそれらを全て終えた。

その後、藤田麻里子のことを調べた。

藤田麻里子のことはインターネットでは色々と噂が出ていた。

全国的には有名ではなかったが、三十歳年上の男性と結婚したことは少し話題になったようだった。

さらに、二年前に引退した芸能人を訪ねるという趣旨の番組に出演している。

その動画がインターネット上にあったので、華岡は観ることにした。

その番組では、次のように紹介されていた。

藤田麻里子は十一年前、当時二十四歳で、建築会社の社長と交際期間なしで結婚をしている。きっかけは、自分のファンであった夫の猛烈なアプローチがあったからだと言い、また当時、芸能界を引退しようか悩んでいた頃だった。そんな時だったからこそ、プロポーズされて即結婚の流れになったそうだ。

結婚後も地元ラジオのパーソナリティーをしたり、年に数回はイベントに出演したりしていたが、結婚四年目に夫が交通事故により半身不随になり、その介護のために完全に引退したそうだ。彼女は時たま芸能界にいた頃を思い出して、戻りたくなると語っていた。

十一年前に結婚をしたということは、三和田にインタビューをした一年後ということだ。

華岡は三和田の結婚についてもスポーツ新聞のウェブ版で調べてみた。

すると、彼もプロに入って五年目にファンだった女性と結婚している。その時、三和田は二十三歳だった。だが、不幸なことにその年のシーズンで怪我をして以来、二軍に降格し、その二年後には戦力外通告を受けた。

三和田と麻里子はあのインタビューで出会ったが、その時には恋愛感情を抱いていなかったのだろうか。だが、連絡先を交換した可能性はある。互いに結婚して、順風満帆な生活を送っていたのだろうが、三和田は引退、麻里子は介護という経験をして、現実逃避として不倫に走ったのではないか。

華岡はそんな風に考えた。

午後六時、華岡は横浜地検を出て、上大岡と磯子の中間の岡村という場所にある藤田麻里子の家を訪れた。彼女は現在、太田という姓だ。

インターホンを押すと、中から「はい」という少し疲れたような女性の声が聞こえた。

「横浜地検の華岡と申します。太田麻里子さんでしょうか」

「あ、はい」

「少々、お話を伺えないでしょうか」

相手は少し躊躇《ためら》ってから、

「わかりました」

と、答えた。

しばらくして、肩ほどの長さの黒髪に、化粧っけはなく地味だが、目元のくっきりした女が出てきた。

「突然訪ねてきて申し訳ございません。ご主人はまだお帰りではないですか」

以前、華岡がこの家に来た時に、夫がリハビリから帰って来るのを見かけていた。

「もうすぐ帰ってきます」

麻里子は答えた。

「そうですか。私は磯子のマンションの転落死について少し調べているのです。ご協力願えますか」

「はい」

麻里子は少し間があってから、小さく頷いた。

華岡は磯子のマンションの住所を言って、

「そのマンションをご存じですか」

と、きいた。

「私は……マンションなんか……」

麻里子は明らかに動揺していた。

「そのマンションの十階の非常階段から男性が転落して、同じフロアに住む人たちに話をきいて回っているのです」

華岡は優しく言った。

「私は何も知りませんよ」

麻里子が怯えるような目で答えた。

「村瀬公一さんをご存じですね」

華岡はきいた。

「村瀬さん？」

「ガソリンスタンドを経営されている方です。ちょうど、そのマンションの目の前に村瀬さんのガソリンスタンドがあります」

華岡はわざわざ説明した。

「ああ、はい」

麻里子の目は焦点が合わず、戸惑っているように見える。

「村瀬さんとは、どういったお知り合いですか」

華岡は麻里子の顔を覗き込むようにきいた。

「昔、地元のラジオで共演しました」

「村瀬さんがラジオに出ていたのですか」

「地元で活躍しているひとを特集する番組だったので」

「そうでしたか。あなたはテレビの方にも色々と出ていましたよね」

「はい、もうだいぶ昔の話ですけど」

「プライベートで村瀬さんと関わることはなかったのですか」

「最近は少ないですが、昔は飲み会などに誘われました」

麻里子はおどおどした口調で答えた。

「話は変わりますが、プロ野球選手の三和田明さんにインタビューをしたのを覚えていますか」

「ええ……」

華岡は相手の様子を窺うようにきいた。

麻里子はためらいがちに答えた。

「三和田さんもこの近くに住んでいるようですが、親交はありますか」

「いえ、まったく」

麻里子は即座に否定した。

「でも、村瀬さんと三和田さんは仲が良いようですし、村瀬さんに誘われた飲み会で三和田さんと一緒になることもあったんじゃないですか」

華岡が追及した。

「いえ、会っていません」

「そうですか。では、そのインタビュー以外に一度も会っていないのですね」

「はい」

「マンションの管理人が、あなたが男性と一緒にマンションに入っていくのを見たそうですが」

「人違いです」

「何もあなたのプライベートを詮索するわけではないのですが、一緒にいた男性の身元が知りたいのです」

華岡は誤解されないように説明した。

だが、麻里子は何も答えない。

「その男性は三和田明じゃありませんか」

華岡は確かめた。

「……」

その時、家の前に「磯子リハビリテーションセンター」と書かれたバンが停まった。

「夫が帰って来たので、すみませんけど」

と、華岡に帰るよう促した。

「最後に、マンションから転落した田中淳さんを知っていますか」

華岡が早口できいた。

「いえ、知りません」

麻里子は否定した。

「お邪魔致しました」

華岡は麻里子の家を離れた。

夜になり、さらに冷え込んできた。今夜は雪予報ではないが、重たい雲が海の方から伸びていた。

3

華岡は新橋駅に降りた。

この日は半休を貰い、母親の病院を訪ねることにしていた。義父からメールが入っていて、母は一段と弱ってきているとのことだった。華岡がこの間、病院に行った時に、由美子は徹の嫁さんを見たいと言っていたと義父の宏が教えてくれた。

新橋駅の改札口を出ると、大勢が行き交う中、壁沿いでバッグを提げている梢の姿を見つけた。

華岡は近づき、

「早かったな」

と、腕時計を見ながら言った。

「いま来たばかりよ」

梢は笑顔で答えた。

「タクシーで行こうか」

華岡は提案した。

「そうね」

ふたりは駅前の乗り場に向かった。

「仕事の方は大丈夫なのか？」

華岡は心配した。

「私は大丈夫よ。それより、あなたは？」

「まあ、一日休むわけじゃないし」

「そう。もうすぐ三和田明の事件は控訴するのでしょう」

「ああ」

「勝てそうなの？」

「もちろんだ。奴《やつ》は殺っている」

「じゃあ、証拠は見つかりそうなのね」

「まだ証拠はつかめていないんだが、真相には近づいてきている」

「駒形弁護士にまた妨害をされないといいけど……」

ふたりはタクシーに乗り込んだ。

華岡が運転手に病院の住所を伝えると、

「それより、どうして私なの？」

梢がいきなりきいてきた。

「何がだ」

華岡はきき返した。

「わざわざ私を婚約者として連れていかなくてもいいんじゃない？」

「いや、頼めるひとが他にいなかったんだ」

「今は代行サービスだってあるみたいよ」

「そんなの嫌だ」

「でも、昔の恋人に頼むのも変じゃない？」

梢が首を傾げた。

タクシーは病院に着いた。

華岡はメーターに表示された金額を払い、タクシーを降りた。

病院に入ると、右手のテレビの前にソファが並んでおり、近くの棚には健康に関する冊子が置いてあった。

「ここで待っていてくれ」

華岡は梢にソファに座るように言ってから、受付に向かった。そこで、名前を記入すると、入館のバッジをふたつ手渡されてから、

「華岡さん、上野先生がお話ししたいことがあると仰っていました。病室に向かう前に五階のナースステーションに行って下さい」

と、言われた。

「わかりました」

華岡はそう答えて、ソファに戻った。

華岡は梢にバッジを渡して、エレベーターホールに向かって歩き出した。

ふたりがエレベーターホールに着くと、ちょうど扉が開いた。

中にはチューブを鼻に通されたお年寄りの女性が女性看護師に付き添われていた。

華岡はエレベーターに乗り、五階のボタンを押した。

五階に着くまで無言だったが、エレベーターを降りてから、「私じゃなきゃダメだったの？」と梢がいたずらっぽい顔をしてもう一度きいた。

「そうだ」

華岡は梢から目を背け、ナースステーションに行った。

華岡は窓口から声を掛けた。

すると、小太りの中年の女性看護師が奥のデスクからやって来た。

「華岡由美子の家族の者ですが、さきほど受付で上野先生からお話があるとのことで、こちらに寄ってほしいと言われたのですが」

華岡が告げた。

「はい。いま連絡してみます」

女性看護師が受話器を取って、ボタンを押した。それから、華岡が来ていることを電話で伝えた。

受話器を置くと、

「先生はすぐこちらに来ますから」

女性看護師が優しい口調で言った。

華岡が梢に、胃がんが転移して、がん性腹膜炎で腸閉塞にもなっていると母親の病状などを伝えていると、エレベーターが開き、白衣を着た担当医の上野が現れた。

封筒をふたつ手にしている。

「華岡さん、どうも」

上野はお辞儀をしてから、

「ここ数日は容態が安定しています。ただ、やはり体力的にも辛いのか、すぐに眠ってしまわれます」

と、教えてくれた。

「そうですか」

「前にも言いましたように、お母さまの肉体的苦痛を様々な形で緩和しています。しかし、今後はそういう方法でも痛みを取れないことも考えられます。鎮静剤を使えば、意識を低下させて苦痛を感じなくさせることは出来ますが、コミュニケーションを取ることは出来なくなるでしょう」

上野はひと呼吸おいてから、また続けた。

「お母さまはご家族に対して、心残りがあると仰っていました。それで、私がディグニティセラピーというものを提案しました」

「ディグニティセラピー？」

華岡はきき返した。

「これは一種の精神療法で、ご家族などに伝えたいことを医療関係者が聴き取り、手紙として残します。そして、患者さんが生きてきた証《あかし》をご家族と共有することを言います」

上野が説明した。

華岡は再び、上野の手元にある封筒に目を落とした。

「これはお母さまが託された手紙です。多分、いまは起きていらっしゃると思いますので、この手紙をお母さまと一緒に読んで、想いを受け取ってあげてください」

そう言って、上野が封筒を差し出した。

華岡は受け取って、封筒の宛名を見た。ひとつは徹へと書いてあり、もうひとつにはお嫁さんへと書いてあった。

梢に一通を渡して、五二一号室に向かった。

四人部屋の病室に入ると、以前この部屋に入院していた人たちはもういなくなっており、新しい人たちがベッドに横たわっていた。

しかし、いずれもチューブを通したりして、重症そうな患者ばかりであった。中にはずっと「痛い、痛い」とうわ言を口にする高齢の女性もいた。

華岡は窓から日差しが差し込む一番奥のベッドに向かった。

その時、梢が華岡の手を握ってきた。華岡は握り返した。

そのままベッドの横に行くと、母は鼻にチューブを通していたが、目を僅かに開けていた。表情が強張っているような感じがした。

「母さん、どうだ」

華岡は顔を覗き込んで言った。

「ああ、徹……」

母は苦しそうに答えた。

「母さん、紹介するよ。婚約者の森梢さんだ」

華岡が梢と位置を変えた。

「初めまして。森梢と申します」

梢が声を掛けた。

「どうも」

母はまた一段と痩せた顔をほころばせ、弱った声で答えた。

「お母さまにお会い出来るのを楽しみにしていました」

「これで安心したわ」

母はホッとしたように言った。

「ふつつかな私ですけど、よろしくお願いします」

梢が頭を下げた。

「徹……、よかったわね。……、こんな素敵なひとで」

母は華岡を見て切れ切れの声で言った。

華岡は梢にパイプ椅子を勧めた。

華岡と梢は腰を下ろした。

「先生から手紙を貰ったよ」

華岡は母に声を掛けた。

「いま読んだほうがいい?」

華岡はきいた。

「うん」

母は少し照れたように言った。

華岡は手紙を広げた。

『上野先生に、人生で一番うれしかった瞬間を聞かれたことがあります。迷いもせず、自分が親になった時と答えました。徹が私の人差し指を小さな手で握った時の感動を超えるものはありません。こんな自分でも守るものがあるのだから、しっかりしなきゃいけないと自分自身に言い聞かせました。徹という名前は、亡くなったお父さんと一緒に考えました。初志貫徹という四字熟語から取って名付けました。初めに決めた志を最後まで貫いて欲しいという思いがこもっています。私はいい母親だったのかわかりませんが、亡くなったお父さんと日々苦闘しながら、恥ずかしくないような育て方をして、何とかやってきました。ふたりで徹をのびのびと育てていこうねと話し合っていました。でも、そんな時にお父さんが病気で亡くなりました。お父さんは亡くなる前に、徹を立派に育ててくれと私に託しました。徹はちゃんと立派に育ってくれました。いつも一生懸命で、真っすぐ前を向いている徹の姿に元気を貰っていました。まだまだ生きたいと思うけど、もう先は長くなさそうです。徹と離れるのは寂しいけど、天国でお父さんと会えるのが楽しみです。徹、大好きだよ』

手紙の最後には華岡がまだ幼い時に、死んだ父と母と三人で沖縄に家族旅行に行った際の写真が添えられていた。

華岡は読み進めていくうちに、涙が目に溜まり、下を向くと次々と大粒の雫《しずく》がこぼれてきた。

今まで、その旅行のことをすっかり忘れていたが、急に走馬灯のように蘇ってきた。

父が死んですぐに父の弟と再婚したことはもちろんだが、父の死に関しても、母を恨んできた。たとえどんな理由であれ、生きるということを奪うのは許されることではないと思っている。

いくら治療で苦痛を伴うからと言っても、少しでも長く生かしてあげるのが愛情だと考えている。その考えに揺るぎはない。

だが、この手紙を読んで、母が父のこと、そして家族のことをちゃんと想っていたのだと感じた。家族のことを考え、母が心の中で紡《つむ》いできたことが胸に染み入った。

　ふと、隣に目を向けると、梢も自身に宛てられた手紙を読んで涙ぐんでいた。

　母の目も潤んでいたが、少しホッとしたような顔をしている。

「まだ伝えたいことはあるけど……」

　母は華岡を見てから、梢を見た。

　梢は涙をハンカチで拭っていた。

「梢さん」

　母が梢に手を伸ばし、震える手で握った。

「徹を頼みます」

　梢はそう聞いて、ぎゅっと握り返した。

　急に母の瞼が重くなって目を閉じた。

「お義母《かあ》さん」

　梢が声をかけた。

「……」

　母は何も答えない。

　梢がもう一度声をかけ、さらに華岡も「母さん」と呼びかけた。

だが、一向に返事がない。

「先生を呼んで来るわ」

梢が慌てて立ち上がろうとした。

「いや、以前もこういうことがあったんだ。薬の副作用や体力などの問題で、突然意識を失ったように眠ってしまうそうだ」

「そうなの？　でも、一応確かめた方が良いんじゃない？」

そんなことを話していると、ナースステーションで応対した中年の女性看護師が部屋に入って来て、

「どうかされましたか」

と、きいた。

「母が突然眠り出したのですが」

「いつものことなので、問題ないと思います」

女性看護師は答えた。

「そうですか。ありがとうございます」

華岡が礼を述べると、病室を出て行った。

「俺たちもそろそろ出ようか」

「そうね」

ふたりは部屋を後にした。廊下を歩き、エレベーターホールに向かう。

「君宛ての手紙にはどんなことが書かれていたんだ」

華岡がきいた。

「これよ」

梢が手紙を渡してきた。

華岡は立ち止まって、読んだ。

『徹のお嫁さんへ。お名前がわからないのでそう呼ぶことを許してください。本当は一緒に楽しい話をしたかったけど、出来ないのが残念で仕方ありません。私の分まで徹と一緒に人生を楽しんでください。徹が好きなレシピを残しておきます』

手紙には、みそ汁や玉子焼きなどのレシピが添えられていた。

「お母さんがあなたを見る目がとても優しくて、幼い子に話すようだったわね」

梢がぽつりと言った。

「そうか?」

「うん。やっぱり、いくつになっても子どもであることに変わりないのね」

梢はどこか遠い目をして言った。

エレベーターに乗り込むと、華岡は梢の手を握った。

梢も握り返してきた。

ふと、この前山中征爾医師を取り調べした時、帰り際に、「そういえば、検事さんのお父さんは都立世田谷病院で亡くなられたのですよね」と、口にしていたのを思い出した。

あれは何だったのだろうと、改めて考えた。

4

午前十一時少し前だった。

華岡は新橋駅から東海道線に乗った。横浜地検には十二時には到着する見込みであった。今日は午後から田中淳安楽死事件で田中真司から再度事情聴取をすることになっている。

今までは担当医だった山中征爾医師がどのような状況で安楽死をさせたのかということと、家族が田中淳をなぜ安楽死させるように頼んだのかということの二点から、起訴出来るかどうか判断しようと思っていた。

だが、山中医師の方は、いくら問い詰めても否定しているし、家族から山中医師に安楽死を依頼したのを看護師の濱田愛子が耳にした件は濱田の聞き間違いだと言い張っている。

もう山中医師のことは置いておいて、田中淳の家族が安楽死を願った背景に焦点を当てて考えた方がよさそうだ。

田中淳と三和田明に繋がりがあることがわかった。

そこで、三和田明の事件について思いを馳せた。

三和田と藤田麻里子は村瀬の借りているマンションの一室で密会している。そこに田中淳が訪ねて行ったということは偶然ではない。田中淳は三和田に用があったのだ。おそらく、転落した時だけではないだろう。それ以前にも行っている可能性はある。しかし、三和田と話すだけなら、わざわざ逢引き用の部屋で会う必要はない。喫茶店などで話してもいいはずだが、あえてそうしなかった。

さらに言えば、三和田の自宅で会ってもいいはずだ。

そういうことから考えて、妻や他人には聞かれたくない話をしていたのだろうと考えられる。

その時、あっと思った。

だが、自分の考えが正しいとはまだ何の証拠もない。

やがて、電車は横浜駅に着いた。そこから、京浜東北線に乗り換えて関内駅まで行き、横浜地検に着いた。


それから、数時間後。約束の時間通りに田中真司がやって来た。

「度々、すみません」

華岡はそう言いながら、椅子を勧めた。

「いえ」

田中真司は硬い表情のまま、椅子に腰を掛けた。

「奥さまのご様子はいかがですか」

「今朝も病院へ行ってきました。まだ、倅《せがれ》が死んだことに対する心の傷がいえていないようです」

「そうですか。奥さまはどうしてそんなに気を病んでしまったのでしょう?」

華岡は静かにきいた。

「倅がまだ若いのに死んだからですよ」

田中真司は当たり前のように言った。

「ですが、ずっと病んでいるというのは、何か原因があるのでは？」

「いえ、元々心が繊細でしたから」

田中真司は顔色ひとつ変えずに答える。

華岡からしてみれば、息子を安楽死させたことを後悔して、気が病んでいるのではないかと思った。

しかし、それを言ったところで田中真司が何か反応を示すことはなさそうだ。

「あなたは三和田明という元プロ野球選手を知っていますか」

「ええ」

「淳さんは三和田の大ファンだったそうですね」

「私は野球を詳しく知りませんので」

「でも、淳さんから三和田明という名前を聞いたことはなかったのですか」

「そうですね。聞いていたとしても、覚えていないと思います」

「次男の良さんから三和田の大ファンだったことを聞いたのです。ですから、家庭でも何度も淳さんが話しているかと思ったのですが」

「いえ」

田中真司は短く否定した。

「では、ご家族ではどのような会話をなさっていたのですか」

華岡がきいた。

「日常的なことです」

「たとえば？」

「倅が学生であったら、勉強のことだとか進路のことです」

「趣味の話は全くされていなかったのですか」

「ええ」

「どうしてですか」

「私自身、あまり話すほうではないので」

田中真司は相変わらず硬い表情のままであった。

「淳さんから、身の上の相談を受けるようなことはありましたか」

「いえ、倅は自分自身で抱え込む方なので、私に相談することはありませんでした」

「では、あなたから見て淳さんが何か悩んでいたようには思えませんでしたか」

「それはありましたが、私が話を聞こうとしても話してくれませんので」

「ということは、相談に乗ってあげようとはしていたんですね」

「はい、親なので当然です」

田中真司は頷いた。

「淳さんはなぜあなたに相談が出来なかったのでしょうね」

華岡は意味ありげにきいた。

「さっきも言いましたように、自分で抱え込んでいたんです。倅は誰にも弱音を吐きたくなかったのでしょう」

田中真司が淡々と言った。

「そうですか。では、悩みがあって、誰にも相談できないから、奥さまや良さんに当たるようなことがあったんですかね」

華岡はやんわりときいた。

すると、少し間があってから、

「それだけではないと思います。私も学生時代はそうでしたが、自分の理想の生き方と現実との違いに気が付いて、それをどうしようも出来ないことから自暴自棄になっていたのでしょう。それは誰にでもあることではありませんか」

と、華岡を睨みつけるように見て言った。

「まあ、そうかもしれませんね。でも、何かきっかけとなる出来事があったと思うんです。それはわかりませんか」

「ただの理由もない思春期の行動です」

田中真司は言い切った。

全ての質問に対し、ためらいもせずに答えるのは、既に色々な質問を想定して準備してきたかのようだった。

華岡はもっと具体的な例を挙げないといけないと思い、

「奥さまに暴力を振るっていたそうですね」

と、直接的にきいた。

「暴力？　誰がそんなことを言っていたのですか」

田中真司は答えずに、逆にきいてきた。

「そのことに間違いはありませんか」

華岡は田中真司の目を見つめて確かめた。

「暴力というと語弊があります。親子喧嘩の際に、意図せず手が当たってしまっただけです」

田中真司はそう言ったあと、無意識なのか下唇を軽く噛んだ。

「でも、近所の方の話だと、怪我をされたとか」

「妻はよく転ぶことがあるので、その怪我を言っているのかもしれません」

「そうですか。あと、良さんはお金を淳さんから要求されていたそうですね」

「……」

田中真司は何も答えず、小さくため息をついた。

「あなたはご存じじゃなかったのですか。良さんはそう仰っていましたが、淳さんはそれほどお金に困っていたのですか」

「そうではなくて、次男をいたぶりたかったのかもしれません」

「それはどうしてでしょうか」

「自分の生き方に悩んでいて、次男に八つ当たりをしてしまったのでしょう。次男は長男よりも成績が良かったですし、劣等感を感じていたのかもしれません」

田中真司はそう説明した。

華岡は頷いて聞いていたが、どうも納得できなかった。次男の方が優秀で劣等感を抱いていたことは確かだろうが、はたしてそれだけだろうか。父親が次男の良により多くの愛情を注いでいたから、田中淳は良に八つ当たりをするようになったのではないだろうか。

「あなたに歯向かってきたことはないのですか」

華岡はきいた。

「一度もありません」

田中真司はきっぱりと否定した。

「尊敬していたのですかね」

「どうかはわかりませんが」

田中真司は少し首を傾げて答えた。

「以前にもおききしましたが、転落したマンションになぜ淳さんが行かれたのかはわからないのですよね」

「全くわかりません」

「あのマンションの住人ではないのですが、淳さんが大ファンだった三和田明が出入りしているんです」

「……」

「淳さんが、三和田明に会いに行ったということは考えられませんか」

「ないでしょう」

田中真司は即座に答えた。

「どうして、そう言えますか」

華岡は言葉を覆いかぶせるようにきいた。

「倅はそんな積極的な人間ではありません」

「しかし、以前に三和田明が出場している試合を観に行って、ボールにサインまでしてもらっているんです。興味のあることであれば、積極的になっていたのではありませんか」

「仮にそうだとしても、そのマンションを三和田明が利用していたことをどのように知ったのでしょうか」

田中真司が鋭く言い返してきた。

確かに、そのことをまだ解明できていない。田中淳と三和田はどこで再び接点を持つようになったのだろうか。

三和田の住まいは田中家からそう遠くない。

偶然、町中で会って田中淳が話しかけたり、もしくはサインをしてもらった時に、住所を教えたりしていたのだろうか。もしくは、田中淳が三和田の家を知っていて、訪ねて行ったのだろうか。

「淳さんが自殺したということは考えられませんか」

何度もきいていることを、田中真司に訊ねた。

「それはありえません」

「どうしてですか」

「遺書はありませんでしたから」

「でも、だからと言って自殺ではないとは限らないのではないですか」

「転落死と認めたのは警察です。その辺のことは担当した刑事にでもきいてください」

田中真司は冷たく言い放った。

「そうですね。わかりました」

事情聴取を終えた。

夕方になって、仕事を終え横浜地検を出ると、華岡は三和田明の自宅付近を訪れた。

犬を散歩中のひとや、近所のひとたちに田中淳の写真を見せ、三和田宅にこのような男が訪ねてきたことはないかときいてまわった。

しかし、わからないという答えしかかえってこなかった。

諦めて帰ろうとした時、昨日も出くわした宅配業者のドライバーとマンションの前ですれ違った。

「あの、ちょっとよろしいですか」

華岡は声をかけた。

「なんでしょう？」

ドライバーは爽やかな顔できいてきた。

「三和田さんのお宅に、この人が訪ねてきたかどうかを伺いたいのですが」

華岡は写真を差し出した。

ドライバーは写真を見るなり、

「見たことありますよ」

と、答えた。

「本当ですか」

華岡は思わずきき返した。

「ええ、何度も見ているので間違いありません」

「それがいつ頃だったかわかりますか」

「そうですね。最初に見たのが去年の秋口ですね。二日に一度くらいは訪ねてきていた印象があります」

「その時の会話などは聞こえていませんでしたか」

「それはないのですが、いつも三和田さんの奥さまが玄関先に出て、少し話してから、その男性は帰って行きましたよ」

「では、三和田明さんと会っていたわけではないのですね」

「私が知る限りでは、必ず奥さまが出られていました」

「そうですか。ありがとうございます」

華岡はこれ以上ドライバーに時間を取らせると悪いので、この辺りで質問を止めた。

それから、三和田明の家に行き、インターホンを押した。

すぐに応答があった。

「横浜地検の華岡です」

「何の用ですか」

「またお話をおききしたいのですが」

「話すことはありません」

「いえ、大事なことなんです。もし、ここでお話しして頂けなければ、また横浜地検の方に来ていただくことになるかもしれません」

華岡ははっきりした口調で伝えた。

「私はもう無罪になったんです。そんなことをされる覚えはありません」

三和田は通話を切った。

華岡はもう一度インターホンを押した。

しかし、相手は出てこない。何度かさらにインターホンを押しても応答はなかった。

華岡は諦めて、三和田の家を後にした。

5

夜になって、華岡は官舎に帰り、食事の後、机に向かって三和田明の妻が殺害された事件の捜査資料を広げた。

あの事件で不審な点はふたつあった。

妻の遺体には胸部を鋭利なもので刺されたような痕と、後頭部を殴打された痕があった。後頭部はリビングに置いてあった大きな花瓶で殴ったとされるが、胸部を刺した凶器は見つかっていない。

致命傷となったのは、後頭部の殴打による傷だ。なぜ、犯人は刃物でとどめを刺さなかったのだろうか。

それがどうしても引っ掛かる。

もう一点は、やはり田中真司の証言だ。

三和田は帰宅した際に、男が家の勝手口から逃げていったと証言した。

だが、リビングからは三和田と妻以外の指紋は検出されなかった。三和田宅の近所で、事件の前後に怪しい人物を見かけたという情報もなく、防犯カメラにも怪しい人物は写っていない。

しかし、裁判の途中になって、いきなり田中真司が現れ、事件発生時刻に三和田宅の近くを通りかかったら、怪しい背の高い中年の男を見たと証言した。

それ以外に、三和田の証言を裏付ける証人や証拠はなかったが、裁判員はメガバンクである第一銀行の融資部長をしている田中真司が嘘をつくとは思えないとして、証拠として採用し、その結果、三和田に無罪判決が下っている。

田中真司は嘘をついているに違いないが、いくら問い詰めても正直には話してくれないだろう。三和田を庇うために嘘をつくとは考えられない。だとすると、息子の淳を庇うためだろうか。

では、田中淳が三和田明の妻の殺害に何らかの形で関わっているのだろうか。

そのことで、三和田と田中淳は村瀬の借りているマンションの一室で会っていたのかもしれない。そうなれば、田中淳があのマンションに行ったことの説明が付く。

三和田は田中淳に何を話したのか。妻殺しへの協力ではないか。

田中淳は三和田明に心酔していたようなので、懇願されたら逆らえないのではないか。

三和田はアリバイを作っておいて、その間に田中淳に妻を殺させる計画を立てた。

犯行日、三和田は妻に田中淳が来たらリビングに通しておくように伝えて、自分は外出した。

そして、田中淳がリビングで妻を刺した。だが、殺しきれずに近くにあった花瓶で殴った。いや、それは不自然だ。もう一度刺せばいいはずだ。

田中淳は殺したと思って三和田の家を出たが、実はまだ妻の息が絶えていなかったのではないか。しばらくして、三和田が帰って来た時には妻は生きていた。

だから、三和田はその場にあった花瓶で殴って殺した。

田中淳の失敗で、計画は狂った。

三和田が帰宅した際に、怪しい男が勝手口から逃げていったと供述したのは、そうでも言わなければ、三和田が殺すことの出来る状況だったと疑われるからだろう。

田中真司は息子の犯行だと知っていた。だから、それが表に出てこないように証人として出廷したのではないか。

それにしても、なぜ田中真司は進んで三和田に有利な証言をしようとしたのだろうか。あの男は裁判員が判断したように、社会的地位もあり、偽証などに自ら手を貸すとは思えない。

では、三和田が逮捕される前に頼んだのか。しかし、三和田がなぜ田中真司に頼むのか。面識があるとは思えない。田中淳に頼むのならわかるが、その父親というのが納得出来ない。

田中淳が父親に事情を説明して、証人として出廷してもらったのだろうか。

だが、田中淳はマンションから転落している。だから、田中淳が父親に頼むことは不可能だ。

（いや、待てよ。もうひとり可能性のある人物がいる）

弁護士の駒形惇一郎だ。

駒形は事件の全容を知っていて、さらに田中淳が転落して、その後死亡したので、田中真司を半ば脅迫するような形で裁判に引っ張り出したのではないか。

梢や三島の話を聞いていると、駒形なら考えられる話である。

華岡は手に汗をかいてきた。

そのような事実で間違いないと、心の中で思った。

だが、問題が残っている。

三和田明と田中淳がどのような形で知り合い、殺人を実行するに至ったかだ。

田中淳が三和田の大ファンで、試合を観に行って、サインをしてもらったのは田中淳がまだ高校生の時だ。

それから、七年以上は経っている。三和田明が田中淳のことを利用できると考えたからといって、どうやって連絡を取っていたのだろうか。

サインをもらった時から親交があったというのであれば、三和田が事件の前にあのマンションに呼び出したのはわかる。

田中淳は大ファンということであれば、ファンレターくらい送っていたのではないだろうか。

そのことをきくとすれば、弟の良だ。

明日、話をきいてみようと思い、良にメールを送った。

すぐに返信が来て、アルバイトへ行く前の朝八時から八時半の時間帯であれば、横浜駅の近くで話をすることが出来るということであった。

翌日の朝七時五十分、華岡は横浜駅の中央北改札口を出てすぐのところにある観光案内所の前で待っていた。

五分ほどで、良がやって来た。

「お待たせしました」

「いえ、近くのカフェで」

華岡はそう言い、駅の中にあるチェーン店のカフェに入った。

それほど広い店ではないので席数は少なかったが、客は疎《まば》らだった。華岡はカウンターでコーヒーを注文してから、端の席に座った。

これで、良から話をきくのは四回目になるが、以前は緊張した面持ちで、堅苦しかったが、今日はそのような様子はなかった。

「朝早くにすみません」

華岡はそう前置きをしてから、

「淳さんが大ファンだったという三和田明のことについて教えてください」

と、切り出した。

「はい」

良は頷いた。

「淳さんはサインをもらったことがあるのですよね」

華岡は確かめた。

「そうです」

「三和田と会ったのは、その一度きりでしたか」

「僕の知っている限りではそうです」

「淳さんが三和田の野球の試合を観に行くことは?」

「それは何度もありました」

「では、その時に出待ちなどしている可能性も考えられますよね」

「ええ」

良が頷いた。

「お兄さんはファンレターを出したりしていませんか」

華岡はきいた。

「多分、出していたと思います」

「本当ですか」

華岡は思わずききかえした。

「はい」

良は躊躇う様子もなく認めた。

「ちなみに、どんな内容だったかはわかりませんか」

「そこまではわからないのですが、三和田から返信が来ていました。兄が嬉しそうに手紙を見せにきたのを覚えています」

「淳さんはずっとそれを取っておいたのでしょうね」

「そうだと思います」

良はそう言ったが、警察が淳の部屋を調べた時には、そのようなものは見つからなかったという。

「手紙は何度かやり取りしていたのでしょうか」

「おそらく。少なくとも二往復はしているはずです」

「二回返信が来たのですね」

「はい。ただ、二回目の手紙は僕が持っています」

「どうしてあなたが？」

「父が僕宛ての手紙だと間違えて渡してきたんです」

「淳さんに渡さなかったのですか」

「その時、兄とうまくいっていなくて……」

良は後の言葉を濁した。

「それで、渡さなかったんですね」

華岡は良の目を見ながら確認した。

「ええ」

良は苦い顔をして答えた。

「どんなことが書かれていましたか」

「たしか、応援ありがとうとか、そんな大した内容ではありませんでしたけど」

「その手紙はまだ持っていますか」

「えーと、多分捨てていないと思うのですが」

良は首を傾げた。

「もしあるようでしたら、それをお借りしてもよろしいですか」

　華岡はきいた。

「何に使うのですか」

「内容を詳しく知りたいのです」

「……」

　良は黙って考えるようにして、

「あの、兄は本当に転落死だったのでしょうか」

と、意外なことをきいてきた。

「どうして、そんなことをきかれるのですか」

　華岡は戸惑いながらきいた。

「最近になって、兄の死に疑問を持つようになったんです。父は兄が転落死したと言っていますが、あのマンションになぜ行ったのかがわかりません。それに、父は兄が入院してからすぐに兄の部屋の片づけをしていたのです。その後に部屋を見たら、兄のものがだいぶなくなっていました。今までは兄が助からないだろうという思いで処分したのかとも思っていましたが、なんか違うような気もしてきたんです。これが、兄が死んでからだったらわかるのですが。ちょっと、酷いんじゃないかなと思いました」

良は心に溜まっていたものを吐き出すかのように語った。

華岡は良の表情を読み解きながら、それが良の本心であると感じた。

「淳さんの部屋には何があったのですか」

「そこまではわかりませんが、三和田のサインボールや手紙はあったはずです」

「それらを淳さんが入院してすぐに処分したのですね」

「はい」

良は頷いた。

父の田中真司は淳と三和田との関係を隠そうとしたのだ。

淳の転落は三和田明の妻の殺害の三週間後に起こっており、自責の念に駆られたのか、それとも、三和田に突き落とされたのかわからないが、ふたつの事件が関連していることには間違いなさそうだ。

三和田明の自宅付近で、妻が殺された時刻の前後で田中淳がいたかどうかがわかればいい。

すでに警察でも調べているが、近くに防犯カメラがないことや、目撃者もいなかった。

もし、田中淳が犯行前後に三和田に携帯電話で連絡を取っていたとすれば、そこから位置情報が割り出せるのではないか。

田中淳の携帯電話番号はわかっている。そこから、連絡したかどうかなどの情報が割り出せるのではないかと考えた。

それから、今なら良が答えてくれるかもしれないと思うことがある。

田中真司が山中医師に死なせてやってくれと頼んだと良は証言したが、後に自分の勘違いだったと答えている。

「あなたが以前、撤回した証言ですが、本当に勘違いだったのですか」

華岡は真っすぐな目できいた。

「……」

良は口を動かしていたが、言葉になっていなかった。

「意図的に言ったわけではないのなら、偽証にはなりませんよ」

華岡が優しく言った。

「もう記憶が曖昧なのですが、あの証言をしたあと、父にお前は何か勘違いしていると何度も説得されました」

良はそう言ってから押し黙った。

華岡はそれだけ聞くことが出来れば十分だった。

「わかりました。お時間を取らせてすみません」

華岡は話を終えた。

「これから父に会いに行くのですか」

良がきいた。

「ええ」

「父はきょうは休んで家にいます」

「お体でも悪いのですか」

「心労だと思います」

「そうですか」

華岡は礼を言って立ち上がった。

カフェを出て、良と別れてから、本多に電話をかけた。

「これから、田中真司の家に行ってくる。午前中のスケジュールをずらしておいてくれないか」

華岡が頼んだ。

「わかりました。それより、どうでしたか」

本多がきいてきた。

「田中淳が三和田にファンレターを送って、そこから何通かやり取りしていたそうだ。その手紙を宝物のように家族に自慢していたらしい」

「その手紙は残っていないんですか」

「それを確認しに行くんだ。それから、父親は淳が転落して病院に運ばれたあとすぐに、淳の部屋の片づけをしていたそうだ。そのことも気になるんだ」

華岡は電話を切って、田中真司の家に向かった。


インターホンを押すと、すぐに田中真司が玄関先に出てきた。

「何度もすみません。ちょっと、確かめたいのですが、淳さんがマンションから転落した直後に、淳さんの部屋の片づけをされていたそうですね」

華岡は確かめた。

「ええ」

「どうしてですか」

「もう助からないのに、部屋をそのままにしておくのが辛かったんです」

「でも、まだ回復する見込みだってあったでしょう」

「……」

「ちなみに、どんなものがありましたか」

「大したものはありません」

「それはどうしましたか。いまお持ちですか」

「いいえ、処分しました」

「処分したものの中にどういうものがありましたか」

「子どもの頃に使っていたものです」

「三和田明からの手紙はなかったですか」

「そんなものありません」

「本当になかったんですか」

「何度も言わせないでください」

田中真司は苛立ったように答えた。

「以前もおききしましたが、なぜ三和田明の殺人事件で、裁判の途中で証人として立つことになったのですか」

「裁判の直前になって、事件のことを知り、担当の弁護士に連絡を取ってみたのです。そうしたら、すぐに話をききたいと言って、駒形弁護士と話しました。そこで、ケーキ屋の『フルサワ』に行こうとした時に、すれ違った男の話をしたんです」

田中真司は説明した。

「駒形弁護士は淳さんの安楽死事件でも担当をしていますよね」

「はい」

「それは偶然なのですか」

「偶然です」

華岡がまだきこうとしたら、

「なぜまだそんなことをきくのですか」

と、田中真司は声を荒らげた。

「実は三和田明の妻殺しについて、新たな疑問が出てきまして」

華岡は言った。

「……」

田中真司は答えずに、家の中に戻ろうとした。

「もしかしたら、田中淳さんがその事件に関わっているのではないかと思ったんです」

華岡は田中真司の背中に投げかけた。

田中真司はそのまま家に入っていった。

華岡は家を離れた。

まだ田中淳が入院中なのに、淳の部屋を片付けたのは、事件に関わりのあるものがあったからではないか。たとえば、凶器や三和田とのつながりを示すものなどだ。

横浜地検に戻り、自分の部屋に入ると、

「部長が呼んでいましたよ」

本多が伝えた。

「そうか。すぐに行く」

華岡は自分の部屋を出て、同じフロアにある部長の部屋に向かった。

ドアをノックして、

「失礼します」

と、中に入った。

オールバックで、眼光が鋭い強面の中年の検事が資料を広げていた。

華岡は部長のデスクの前の席に座った。

「どうだ、三和田の件は？」

部長がきいてきた。

「やっと真相が見えてきました」

華岡は伝えた。

「証拠は大丈夫か」

「田中真司の証人としての証拠能力を疑問視することが出来る証言があります。それに、妻を殺したのは三和田明ですが、もうひとり共犯者がいます。田中淳です」

「田中淳っていうと、あの？」

「そうです。田中真司の息子です」

「どういうことだ」

「三和田明と田中淳はつながっています。田中淳は三和田の大ファンで、三和田に頼まれたら何でも聞いたことでしょう。三和田はアリバイを作るために、犯行時刻は外出していました。妻を刺したのは田中淳です。田中淳が何度も三和田の自宅を訪ねて、妻と話しているそうです。それは妻に顔を覚えてもらい、家の中に怪しまれることなく入るためだと考えます。事件の夜、三和田宅を訪れた田中淳はリビングで妻を刺しました。ただ、それで妻は死んでおらず、三和田が帰宅した時には息があったのです。そこで、三和田は妻を花瓶で殴って死なせました。田中淳が殺害に失敗したために三和田の計画が狂ったのです。だから、急遽強盗の仕業にしたのです。そして、田中淳の父親である真司を証言台に立たせました」

「なるほど。その説は有力だな。ただ、田中淳が妻を刺したという証拠はあるのか。凶器が見つからない限り、説明出来ないのではないか」

部長は険しい顔のままきいた。

「田中真司は息子の淳が転落、入院したあと、淳の部屋を片づけました。三和田明との手紙を処分している可能性があります。もしかしたら、凶器もそこにあったのかもしれません」

「だが、田中真司の証言を得られなければ、証明出来ないじゃないか?」

「田中淳の携帯電話があります。事件後に三和田に連絡を取っているはずです。いくら履歴から消したとしても、携帯電話のキャリア会社に頼めば復元できます」

「もし、携帯電話からふたりのやり取りが出てこなかったら、どうするつもりだ?」

「……」

華岡は押し黙った。

三和田と田中淳の繋がりはあるが、犯行を裏付ける物的証拠はない。凶器はすでに処分されていて、今さら出てこないだろう。

他に何かないか。

その時、田中淳が磯子のマンションから転落したことが思い浮かんだ。ひょっとして、三和田明が口封じのために突き落としたのかもしれない。それを証明するしかない。

そこに活路を見出そうとした。

第五章　決断

1

辺りはすっかり暗くなり、葉を落とした街路樹が時折強く吹く風に大きく揺れ、その度に華岡の頬を痛いくらいの冷たさが襲う。華岡はコートのポケットから手を出すと、インターホンを押した。

「横浜地検の華岡ですが」

「……」

インターホン越しに舌打ちが聞こえた。

「三和田さん、村瀬さんのマンションから田中淳が転落した日、あなたがどこにいたのかお聞きしたいだけなんです」

華岡は話しかけた。

「何でそんなことをきくのですか」

三和田が不快感を露わにした。

「あなたが出入りしていた村瀬さんのマンションから田中淳さんが転落したので、念のためにおききするんです」

「その日は東京にいましたよ」

三和田は吐き捨てるように言った。

「東京に？ ちょっと、直接話せますか」

華岡が言った。すると、インターホンの通話が切れた。また無視されるかと思ったが、三和田が玄関を開けた。相変わらず迷惑そうな表情に変わりはないが、今までとは違い、応じてくれそうだ。

「すみません、わざわざ。なぜ東京にいたのですか」

華岡は丁寧にきいた。

「現役の時に同じチームだった奴の結婚式だったんです」

三和田は不愛想に言った。

「朝からだったんですか」

「ええ」

「何時くらいにこちらに戻ってきましたか」

「翌朝です」

「翌朝？」

「久しぶりに昔の仲間に会ったんで、朝まで飲み明かしていたんです。新郎新婦は夜中には帰りましたが」

三和田は思い出すように言った。

そういえば、三和田が所属していたチームで、去年ホームラン王に輝いた年俸二億八千万円の選手がテレビの女性アナウンサーと結婚したというニュースを目にした。

「もし疑うようでしたら、いますぐきいてもらってもいいですよ」

三和田は携帯電話を取り出し、

「もしもし、検事さんが俺のことでききたいことがあるっていうんだ」

と告げてから、電話を代わった。

今まで頑なに聴取を拒んできた三和田が、ここまでするということは余程自信があるのだろう。念のため、相手にその事実を確認した。やはり、三和田と同じことを言っていた。ふたりが示し合わせているとは思えなかった。

通話を終えた華岡が携帯電話を戻すと、

「もしこれだけで信用できないなら、他にも同席した奴らに電話しましょうか?」

三和田は余裕の態度を見せた。

「いえ、それには及びません」

華岡は断って、礼を言い、三和田の家を離れた。

田中淳は殺害されたわけではないのだ。田中淳が三和田の妻の殺害に関わっている証拠はないが、間違いないだろう。すると、良心の呵責《かしゃく》から自殺したということも考えられる。父親の真司は転落死だったと言っているが、弟の良は父親の態度に疑問を持っているようだ。ただ、自殺だと断定しているわけではなく、病院に搬送された後、すぐに真司が淳の部屋にある物を処分したことに不審感を持っているようであった。

母の政子はどう考えているのだろうか。まだ政子からは話を聞けていない。息子の死からふさぎ込んで、心療内科で治療を受けているので、満足に話すことが出来ない状態だそうだ。

華岡は駅に向かう途中で、良に電話を掛けてみた。

すぐに、良は電話に出た。

「横浜地検の華岡です。夜分すみません。お母さんのご様子はその後如何《いかが》ですか？」

華岡は柔らかい口調できいた。

「最近は少し笑顔を見せるようになりました」

良は答えた。

「明日の午前中、お母さまはご自宅にいらっしゃいますかね」

「いえ、病院に行くと言っていました」

「病院というのは、東磯子病院の心療内科ですか」

「はい」

「そうですか、ありがとうございます」

華岡は電話を切った。

翌朝、華岡は横浜地検に出勤して溜まっていた簡単な書類仕事を済ませてから、

「これから東磯子病院に行ってくる」

と、検察事務官の本多に告げてから出かけた。

関内駅から京浜東北線で磯子駅まで行った。東磯子病院は磯子駅から歩いて三分ほどであった。

病院に入ると、受付で心療内科の場所を尋ね、二階のAエリアにあることがわかった。

エスカレーターを使い、そこへ行ってみると何人ものひとが待合のソファに腰を掛けていた。

華岡は一度も田中真司の妻に会ったことがなかったが、良から家族の写真を見せてもらっている。それを手掛かりに、ソファに座っているひとたちの顔を改めてみたが、政子らしいひとはいなかった。

少し待っていると、診察室から出てきた女に目が留まった。

政子ではないかと思った。

女はエスカレーターの方に向かう。

華岡は近づき、声を掛けた。

「あの、すみません」

「はい?」

女は顔を向けた。

「田中政子さんですか」

「そうです」

女は不審そうな顔をした。

「横浜地検の華岡と申します。前からお話を伺いたいとお願いしていたのですが、少しよろしいですか」

華岡が言うと、政子はため息をついて、

「わかりました」

と、答えた。

ふたりは近くのソファに腰を下ろした。

「良さんから色々とお話を聞かせていただいて、真司さんがどのような思いで淳さんに接していたのかが気になったのです」

華岡は説明した。

「厳しい父親でした。特に教育には熱心でした」

政子は少し考えてから、ぽつりと言った。

「淳さんと良さんに、東大でないといけないと教育していたそうですね?」

「はい、主人も東大の出身ですから」

「あなたも真司さんと同じように、息子さんを東大に入れたいと思っていたのですか」

「本人が行きたいところに行けばいいと思っていました」

「淳さんの中学受験では、将来東大に行かせるために、塾を二つ通わせていたそうですね。そういうことも全て真司さんが決められていたんですか」

「はい。私が口出しするようなことは出来なかったです」

「口出し出来ないというのは、どういうことですか」

「主人は全部自分で決めたいひとなので。もちろん、私の意見もきいてくれるのですが、最終的には自分が納得したことでないと気が済まないんです」

政子は俯き加減に言った。

「家庭のことは真司さんが決めていらっしゃるのですか」

「そうですね」

「真司さんはどうしてそこまで自分で決めたがっていたのでしょうか」

「主人には劣等感があるんです」

「劣等感？」

東大を出て、メガバンクの部長の地位にいる男が劣等感を抱いているのだろうかと思った。

「幼少期のことで……」

政子は静かな声で言った。

「幼少期に何があったのですか？」

華岡はきいた。

「貧しい家庭で育ったんです」

政子は言っていいのかどうか迷っているように答えた。

「詳しく教えて頂いてもよろしいですか」

「主人が言うには、お金のことで両親は喧嘩が絶えなかったそうです。それに、貧しいゆえに学校行事にも参加できなかったり、いじめられたこともあったそうです。高校生の時、家計を助けるために、朝は新聞配達、夜は居酒屋でアルバイトをしていました。それでも、生活にゆとりはなかったそうです」

「そんなに働いていたのに、東大に合格するなんてすごいですね」

「寝る時間を削って、猛勉強したそうです。主人は元々頭がよかったんだと思います。現役合格でしたから」

政子の口ぶりや表情から少し誇らしげな様子がうかがえた。

「なぜ東大だったんですかね」

「日本で最高峰の大学に入れば、今までいじめていた人たちを見返せると思ったと以前に言っていました」

「では、淳さんと良さんを東大に行かせようとしていたのも、惨めな思いをさせたくないということですかね」

華岡は訊ねた。

「はい」

政子は頷いた。

「あなたも東大だということですね」

「そうです」

「真司さんとは東大に入ってすぐに出会われたのですか」

「はい、同じ経済学部でした」

「交際が始まったのは、出会ってからすぐだったのですか」

「いえ、一年くらいしてからですね。それから、五年ほど付き合って、結婚しました」

「真司さんの両親とは仲がよかったですか」

「それが、一度も会ったことがないんです」

「会ったことがない？」

「主人が両親のことを嫌っていましたから。真面目な主人とは性格が正反対だそうです。それもあって、両親を反面教師として、息子たちに厳しい教育を施してきたんです」

「そうでしたか。真司さんは勉強以外認めなかったのですか」

「いえ、そういうわけではないと思いますけど……」

「淳さんに野球部を辞めさせていますよね」

「はい。野球に関してはかなり反対していました」

「淳さんが野球にはまり過ぎていて、学業が疎《おろそ》かになるのを恐れたからでしょうか」

「それもありますが、主人は野球で苦い思い出があるんです。大学時代に野球部に入っていました」

政子が言った。

「え？　真司さんが？」

華岡は信じられなかった。

以前野球の話題を振った際には、よく知らないと言っていた。

「なかなかレギュラーになれないので、野球部を辞めました。勉強はすればするだけ成績が上がるのに、野球は違うって挫折したんです。人一倍負けず嫌いでしたから、その時の悔しさがあり、息子も自分と同じ血を引いているから野球が上達するはずないと言っていました」

「淳さんは、真司さんに反対されても野球を続けたがっていたそうですね」

「はい」

政子は頷いた。

「ところで、三和田明のファンだったと聞きましたが」

「そうです」

「どうして、三和田のファンになったのでしょう」

「高校野球の甲子園の決勝戦で、最終回に三和田選手が逆転サヨナラホームランを打った姿を見て、憧れたと言っていました」

「ファンレターなんかも送ったそうですね」

「ええ、返事ももらって、宝物のように大事にしていました」

「それはどうしましたか」

「主人が片づけて、どこかにあると思いますけど」

政子が首を傾げて言った。

「淳さんが転落したのは事故だと思いますか。それとも……」

「私は……」

政子は言いよどんでから、

「自殺かもしれないと考えました」

と、答えた。

「なぜそう考えるのですか」

華岡がきいた。

「日頃から死のことを口にしていましたので」

政子は悲しげな目をした。

「淳さんが回復する見込みがないと告げられた時に、どのように思いましたか」

「ショックで、何も考えられない状態でした」

「苦しんでいる淳さんを見てどう思いましたか」

「出来ることなら、自分が代わってやりたかったです」

「山中医師に死なせてやって欲しいと頼んだことはありますか」

華岡は目を鋭く光らせてきいた。

「楽にしてやって欲しいとは言ったと思いますが、死なせてやってくれとは言っていません」

「真司さんは山中医師に何か言っていましたか」

「私は混乱していたので、わかりません」

政子は嘘をついているようには思えないが、これ以上きいても意味がないと思った。

政子は壁にかかった時計を気にした。

「すみません、お時間取らせました」

華岡は政子と別れて、病院を出た。


横浜地検に戻り、自分の部屋に入ると、華岡のデスクの上に分厚い速達の封筒が置いてあった。

その封筒を手にして、ペーパーナイフを使って開けた。

送り主は田中淳の使用していた携帯電話会社だった。三和田明の妻が殺害された数日前から、事件後一週間くらいの通話履歴やメール、SNSを提出してもらっていた。

「つい五分ほど前に届けられていました」

本多が教えてくれた。

華岡は封筒から中身を取り出し、三和田の自宅と携帯の電話番号と照らし合わせて確認した。

すると、事件当日の午後六時五十五分、三和田明の携帯電話に向けて発信が一件あった。GPSの位置情報によると、三和田明の自宅付近であった。犯行推定時刻は午後八時となっている。

この電話でこれから家に入ることを三和田に報せたのだろうか。

それ以降、何度か三和田から着信があった。

「思った通りだ」

華岡は履歴の一覧を本多に渡した。

「これで田中淳が三和田の妻を殺した可能性が出て来ましたね」

本多が一覧を見ながら、少し弾んだ声できいてきた。

「凶器が出てきていないから、犯行を直接証明することは難しいが、状況証拠で乗り切れるかもしれないな」

華岡はそう言って部屋を出ると、同じフロアにある部長の部屋に向かった。

ノックをして部屋に入った。

オールバックで眼光の鋭い部長に華岡は伝えた。

「事件の前に、三和田宅付近から田中淳が三和田に電話をしています。凶器となった刃物は出てきていませんが、田中淳が三和田の妻を殺す目的で訪れたという可能性は十分に考えられます」

「田中淳が三和田宅の近くにいたのは、いつものように訪ねて行ったという解釈は出来ないか」

部長が首を傾げた。

「三和田は田中淳に妻を殺すように頼み、自分はアリバイを作っていたと考えられます。田中淳は家を訪れる直前に三和田に連絡した。それから、リビングに入って、用意していた刃物で妻を刺したのです。田中淳は妻が死んだと思って、家から逃走しました。その後、午後八時頃に三和田が帰宅したのでしょう。ところが、妻はまだ息があり、驚いた三和田が咄嗟《とっさ》に花瓶で頭を殴打したのではないでしょうか」

「田中淳が殺しに失敗したとしたら、三和田は計画を断念し、救急車を呼んで、自分が疑われないように何食わぬ顔で振る舞うことも出来たのではないか。それなのに、なぜ危ない真似をして殺したんだ」

「おそらく、田中淳が妻に三和田から頼まれたと話してしまったのでしょう。妻は帰宅した三和田を見て逃げようとしたので、三和田は自分の計画だと知られていると考えたのではないでしょうか」

「それを裏付ける証拠はない」

部長が厳しい顔で言った。

「しかし、田中淳が三和田の大ファンだったことや、三和田とマンションで会っていたこと、さらに事件の前に現場付近にいたこと、その父親が怪しい男を見たと証言していること、事件後に田中淳が不審死をしていることを考えると十分に控訴できる状況証拠が揃っています」

華岡は力強く説明をした。

だが、部長はまだ不安そうな顔をしていた。

「この事件には、駒形弁護士が付いている。抜かりがないように準備しておかなければ、また駒形弁護士に隙を突かれるぞ」

部長が厳しい顔で言った。

「わかっています」

やはり、田中真司の証言を崩さないと控訴審で勝てない。

「もう一度田中真司を問い詰めてみます」

華岡は身を乗り出すように言った。

「今さら証言を翻すとは思えないが」

「田中真司に証言をさせたのは、駒形弁護士に違いありません。おそらく、駒形弁護士は田中真司に息子が犯罪に加担していることを黙っている代償に、半ば脅すような形で出廷させたのだと思います。でも、田中真司と何度か会って、彼の人間性がわかりました。頭が良くて、真面目で、プライドの高い男です。おそらく、田中真司は息子の犯罪によって、今まで築いてきたものが崩壊するのを恐れたのだと思います。しかし、心のどこかでは法廷で偽証したことに罪の意識を感じているはずです」

華岡は手振りを交えて説明した。

「だからと言って、田中真司が自白するとは思えない」

部長は一蹴した。

「いえ、私が自白させます」

華岡は力を込めて言った。田中真司の今までの受け答えはどこか冷たく感じるが、ふとした表情などに人間味が垣間見えていた。彼を落とすことが出来る。根拠はないが自信はあった。

部長は頷いてから、

「わかった。お前を信じる」

と、励ますように言った。

華岡は意気込んで部屋を出た。

2

その日の夜、華岡は官舎から母の入院している病院へ駆け付けた。急に母の容態が悪化したという報せを義父の宏から受けたのだった。

病室の扉は開いており、医師や看護師などが母のベッドを取り囲んでいた。宏もその中にいた。

宏はしゃがみながら、複雑な表情で母の手を握っていた。その顔に相当な疲れが滲《にじ》んでいた。

華岡はベッドに近づいた。

その時、宏が華岡に気づいて立ち上がった。

「すまない、急に」

「いいえ、容態はどうですか？」

「いまは持ち直しているが……」

と、言葉を詰まらせた。

華岡は母に顔を向けると、この間見舞いに来た時よりもさらに弱った姿を目にした。

いつ死ぬかわからないと担当医師の上野や宏に言われて心の準備は出来ていたが、もういよいよ死が近づいていると感じた。

「とりあえず、いまは容態が安定して眠っていますが、またいつこうなるかわかりません。次にこのようなことがあれば、もうその時だと思って下さい」

上野が寄りそうような表情で華岡に報せてくれた。

「ありがとうございます」

華岡は頭を下げた。

宏が「ちょっといいか」と華岡を廊下に呼び出した。

華岡は付いていった。

「もう先は長くない。このまま苦しい思いをして死ぬのは見ているこっちとしても可哀想だし、何より本人が一番辛いと思う。以前先生が言っていた終末期鎮静を行おうと思っているんだが、お前はどう思う？」

宏がしんみりと言った。

強い痛みを緩和するために鎮静剤を使用して、患者の意識を下げ、眠ったまま死を迎えさせようというものだ。

「そうすれば、もう会話は出来なくなるんですよね」

華岡は確かめた。

「そうだ」

宏が頷く。

母に言い残したことは特に思い浮かばないが、

「母さんの意思はどうなんですか？」

「これ以上、苦しんでいる姿を見せたくないそうだ」

華岡はそう聞いて、考えこんだ。

鎮静剤を使えば、意識がなくなるために苦痛は緩和されるだろう。そして、苦痛を和らげたまま死に向かわせることが出来る。

華岡としても、母にこれ以上苦しい思いをさせたくはない。だが、鎮静剤を使うことにはどうも抵抗がある。

たしかに、安楽死とは違うものだという考え方は理解できるが、母の命は鎮静剤を使った時点で終わったようなものではないのか。命を人間の手によって終わらせていいのだろうかという思いがある。

「俺は由美子が望む通りにしてやりたい」

宏が力ない声で言った。

「でも、やっぱりそれは……」

華岡が反対しようとした。

すると、宏は聞いてくれと言って、話し始めた。

「由美子はお前の前では見せなかったが、せん妄《もう》に苦しめられているんだ」

「せん妄?」

「せん妄というのは、何らかの病気で入院したり、手術を受けた後に、急におかしなことを言い出したり、幻覚が見えたり、興奮したり、安静にできなくなる状態のことを言うらしい。由美子も強い痛みから来るせん妄で、突然、俺に向かって大声を出したり、死なせてくれと言う時があるんだ。自分勝手と思われるかもしれないが、そんな状態で生かしておくのなら、死なせてやる方が余程まともだと思うんだ」

宏は語った後に涙をこぼした。

「少し考えさせてください」

華岡はそう答えるしか、他に言葉が出てこなかった。

「すまない」

宏は項垂《うなだ》れるようにして、頭を下げた。

ふと、死んだ父の顔が浮かんだ。

父もこのように苦しんでいたのだろうか。それを母と宏は近くで見ていて、死なせることに決めたのだろうか。

この間、山中の取り調べの時に、自分の父が都立世田谷病院で死亡したことを言って来たのがなぜか気になっていた。

華岡の父を担当したのは、石田哲司《いしだてつじ》という医師だったことは子どもながら覚えている。まだ幼かった華岡を気遣ってくれた思い出がある。山中征爾の経歴を調べても石田との接点が見つからなかった。それなのに、なぜ父が亡くなった病院を知っているのだろうか。

父の死について、母と宏が病気で苦しむ父に同情し、死なせたんだと思う。母が石田に楽にしてあげてくれと頼んでいるのを盗み聞きした。

死後、母が宏に「これでよかったのよ」と言っているのを聞いた。

ふたりは父が生きている間から付き合っていたのか。死んでから半年くらいで結婚をしたことから、早く一緒になりたいから死なせたのではないかと考えてきた。

「辛い選択だが、返事を待っている」

宏の言葉にふと我に返った。

「わかりました」

そう答えたが、華岡の胸は締め付けられていた。

翌日の昼間、梢から電話が掛かってきた。

「もしもし、三和田明の事件の証拠は固まったの？」

「駒形弁護士が田中真司を脅して証言台に立たせたと思うが、その証拠はない。

だが、三和田明が妻を殺したという状況証拠が出てきた」

「そうなの？　どんなことなの？」

梢がきいた。

華岡は梢にこのことを言っていいのかどうか迷った。

梢と再会してから、昔のような燃える想いが蘇ってきた。母に婚約者として梢を紹介したが、本当のことだったらいいのにと思った。

梢はどう思っているのだろうか。

駒形弁護士のことを色々と探るために、自分に近づいてきただけなのではないかともどこかで思う気持ちがある。

「電話では言いにくい。今度会った時に話すよ」

華岡は考えながら言った。

「早く会えるといいな」

梢が無邪気な声を出した。

「スケジュールを確認して、また連絡する」

「待っているわね」

電話が切れた。

すると、華岡のデスクの上の内線が鳴った。

受話器を取ると、駒形弁護士からだと言われた。

電話に出るなり、

「三和田さんの件で、いろいろ調べているようですな」

と、しゃがれた声が聞こえた。

「三和田明の犯行だと思われる状況証拠があります」

華岡は毅然とした態度で答えた。

「どうせ、あなた方が状況証拠を都合よく作り上げたんでしょう。検察のよくやる手口ですな。あなたも同じなんですね。失望しましたよ」

駒形が挑発的に言う。

華岡は一瞬強く言い返そうと思ったが、ぐっと我慢した。

「無罪判決が出た後にも、三和田さんやその周囲を調べていましたよね。これは明らかに三和田さんを嵌《は》めようとしている証拠です。そんなことが許されると思っているのですか」

「事件を客観的に見て判断したことです」

華岡はきっぱりと言った。

「もしも、三和田さんに話がききたいのであれば、任意で事情聴取すればいいじゃないですか。それなのに、家に押しかけて、逃げられないような状況を作るというのは、検察官の権限を越えているのではないですか」

駒形が強く責めた。

「いいえ、三和田さんが応じてくれなかったので、仕方なく彼の自宅まで出向いたのです」

華岡は感情を抑えて説明した。

「言い逃れはいくらでも出来ます。とりあえず、このことは日弁連に報告して、不当な捜査を非難する声明を出しますから」

駒形が一方的に電話を切った。

「大丈夫ですかね」

隣にいた本多が心配そうな顔を向けていた。

「どうせ脅しだ」

「でも、駒形弁護士はメディアなどを利用して、三和田の無実の主張と華岡検事への非難をしますよ」

「構わない。法廷で、真実が明らかになるはずだ」

華岡は強く言い放った。

それから、デスクの上にある山中征爾の調書を手繰り寄せた。

午後一番に、山中の取り調べがある。

田中淳は三和田明の妻を刺したことで自殺を図ったのかもしれない。父親の真司は事件のことを知っている。安楽死させたことは、あの事件、そして自殺と何か関係があるのだろうか。

今日はそのことを問い質《ただ》そうと思った。

山中が部屋に入ってきて、華岡の目の前に座る。

彼とはしばらく会っていないように感じた。ただ、山中は未だにしゃきっとしており、疲れている様子はなかった。

華岡は挨拶や留置場での暮らしを気遣う言葉をかけてから、

「もう一度同じことをきくことになると思いますけど、田中淳が病院に運ばれて来た時のことを教えてください」

と、切り出した。

華岡は今度は田中淳が自殺したという前提で、話をきいてみようと考えた。

「心肺停止で、かなり重体でした。病院に運ばれるのがあと少し遅かったら死んでいたと思われます」

山中が淡々と答えた。

「自殺という可能性は考えられましたか」

「そこまでは私にはわかりません。ただ、目の前の患者の手当をするのみです」

山中は落ち着いた声で答えた。

「そうですか。あなたが処置をして、田中淳はどの程度回復したのですか」

華岡は山中を見つめてきいた。

「すぐに死ぬことはないというところまでは回復しました。しかし、低酸素血症で昏睡状態であることに変わりはなく、意識が回復するのは難しいだろうと思いました」

「そのことはご家族に伝えていますね」

「もちろんです」

「田中淳の家族はそれを聞いて、どのような反応を示されましたか」

「ショックを受けているようでしたが、少しの希望に望みをかけているように思えました」

「なるほど。それから、田中淳は人工呼吸器を外せるようになったんですね」

「はい。でも、四日後に院内感染で重症気管支肺炎になりました」

「それは医療ミスですか」

「いいえ、病院関係者に責任はないものと思われます」

「そうですか。その時にも、まだ回復する可能性はあったのですか」

「限りなくゼロに近かったです」

山中は冷静に答えた。

「少しはあったのですね」

華岡はすかさず確かめた。

「ほんの少しです。それよりも、治療を続けるリスクの方が高かったです」

「リスクと言いますと？」

「以前にも言いましたが、高濃度の酸素を吸わせて脳細胞を活性化させる治療も三回行いました。しかし、三回目にけいれんを起こして痰を詰まらせました。痰が気道に詰まって、窒息死する可能性の方が高かったので、家族と話し合って、この治療法はもうしないように決めました」

山中は表情を変えずに説明した。

気管内チューブを抜いて、さらに筋弛緩剤を投与して死なせたのはこの後のことだ。

本当に回復する見込みがなかったのか。田中真司の立場から考えると、やはり苦しい思いをしている息子を見て、可哀想に思ったに違いない。

だが、本人の意思はどうだったのだろうか。

田中淳は昏睡状態で、意思表示が出来ないから、本人が安楽死を望んだかどうかはわからない。山中の過去の論文や発言などからして、本人が望まない限り、安楽死を施すということは出来ないという考え方だ。

つまり、いくら家族が頼んだところで、山中が安楽死を拒否する可能性が高い。

では、どこかで田中淳の意思が受け取れたのだろうか。

「これは医療の現状ではなく、あなたの意見を参考までにおききしたいのですが」

華岡はそう前置きをして、

「どういう場合に、安楽死を認めるべきだとお考えですか」

と、きいた。

「肉体的、もしくは精神的に苦痛があり、家族と話し合ったうえで、本人の意思がある場合に認められるべきだと考えます」

山中は何の迷いもなく答えた。

「その理由は何ですか」

「患者が自ら死ぬことを権利として認めるべきだと考えるからです」

「それは延命治療の中止ではなく、医師が自ら患者の命を絶つということですね」

「そうです。医師が患者の生命を終結させる、もしくは医師が致死薬を処方して、患者自らが服用すべきだと考えています」

「延命治療の中止というのは、安楽死ではありませんか」

「それは別だと私は考えています。しかし、それを消極的安楽死と呼ぶひとはいます。現状で延命処置を中止してもよいというガイドラインが作成されています。まだ法整備は進んでいないでしょうが、現状でもある程度認められていると認識しています。俗に言う尊厳死というものにこちらは含まれるでしょう。私が田中淳さんに施したのは延命治療の中止と、痛みの緩和ということです。筋弛緩剤を使用したのは、痛みを緩和させるためであって、そのことにより残念ながら田中淳さんは亡くなられてしまいました。決して、死なせる意図があったわけではありません」

山中が真っすぐな目で説明した。

「延命治療の中止というのは、患者本人の意思がなくても認められるのでしょうか」

「はい。救命救急医療の現場では、一旦蘇生し人工呼吸器などによって生命が維持されていても、脳の損傷が著しく意識の回復が全く望めない場合、患者の家族に十分な説明をして、家族が本人の意思を推定しながら延命治療の中止を選択することが出来ます」

「あなたはこの現状に、どのようなお考えですか」

「当然のことだと思い、特に反対することはありません」

「では、あなたが考える安楽死において、患者本人の口から直接意思表示しなくても、家族が患者の意思を推定して判断を下すことが出来るのでしょうか」

「いいえ」

「どうしてですか」

「自然死を迎えさせる延命治療の中止と、死期を早める安楽死には倫理的な価値観の差があるからです」

「では、安楽死においては本人の意思がないといけないのですね」

「そうです」

「本人の意思というのは、具体的にどのように確認を取るのですか」

「患者本人の口から直接、安楽死を選択する旨を伝えられた時に、初めて認められると思っております」

「ちゃんと言葉で意思を表さなければならないのですね」

「そうです」

山中は頷いた。

田中淳の場合、気管内チューブを抜くといった延命治療の中止は本人の意思がなくても家族が本人の意思を推定して行えたが、筋弛緩剤で死なせたということに関しては本人の意思が必要ということになる。田中淳は意識がないので、意思表示できるはずもなく、あの処置は安楽死ではないという山中の説明に矛盾はない。

山中は本人の意思を確認すると言っておきながら、実際は家族の頼みだけでも安楽死を施すのだろうか。

それを悟られないために、巧みに嘘を織り交ぜているのだろうか。ただ、山中がそこまでして田中淳を安楽死させる意味というのが見当たらない。

それに、今までこのような安楽死と疑われるような処置を一度も施してきていないのだ。今回に限って安楽死をさせるとは思えない。

たとえば、田中真司から相当の額の金をもらっていたとしたら、考えられなくもないが、病院内の山中の評価を聞いても、彼は自分の信条に従って医療に従事しているようであり、金で動くような人間だとは思えない。

「もし、遺書のようなものがあって、昏睡状態になったら安楽死させてくれと患者が書き残していた場合はどうなりますか」

華岡はきいた。

「それも患者の意思として認めますが、安楽死を望む患者は直前になって、やはり中止したいと考えなおす場合もあります。なので、原則としては安楽死を施す直前にも意思を確認するのが望ましいと考えております」

山中は、はっきりとした口調で説明した。

「自殺を図って一命を取り留めた患者が安楽死を望んだ場合にはどうなるのですか」

華岡がそうきくと、山中はこちらの考えを汲み取ったようで、おやっという顔をした。

「自殺を図った場合には、安楽死を認めないのが正しい考え方だと思います」

山中は答えた。

「どうしてですか」

華岡はきいた。

「そのようなケースで安楽死を認めてしまえば、ただの自殺ほう助と変わりないからです。安楽死は医学的、かつ倫理的な観点から見て、患者と家族を救うための唯一の方法だと考えます」

山中はきっぱりと言った。

田中淳が自殺を図ったとしても、それは安楽死の意思ではなく、さらに家族の頼みだからと言っても、山中は承認しないだろう。

華岡は突き詰めて考えて、つい自分の髪の毛をかきむしりたくなった。

山中は芯がぶれておらず、しっかりと見据えている。彼の語った信条に嘘があるようには思えなかった。

「自殺ほう助とは違うと仰いますが、死を操作している時点で、理由はどうあれ、本質的には変わらないのではありませんか」

華岡はつい咎《とが》めるような口調になった。

すると、山中が改めて華岡の目をしっかりと見てから、

「あなたもその立場になってみれば、わかるはずです」

と、妙に穏やかな口調で言った。

「どういうことでしょうか」

華岡はきいた。

「まだ私が若かった頃に知った患者で、このようなことがありました。実際にその患者を直接診たわけではありませんでしたが、私の恩師とも言える医師が関わっていたのです」

山中はひと呼吸置いてから、また話し始めた。

「当時、私は都内のある大学病院に勤めながら、週に一日だけ都立世田谷病院というところに勤務していました。その病院には私と同じように他の病院から週に一日だけ来て、診察や治療を行う医師がいました。その中に、私より二十ほど年上の医師で、藤枝幸吉という方がいました。藤枝さんはある日、その病院に勤めている石田哲司医師から、死なせて欲しいと要望する患者がいると相談されました。石田医師は患者にそんなことは出来ないと断ったのですが、ずっと気になっていたそうです。そして、藤枝医師は自分に任せろと言って、その患者を楽にし

てやることに決めたそうです。藤枝医師がその患者に自分が苦しみから救うと伝えに行くと、患者は苦しみから救ってほしいのではなく、家族に迷惑がかかるから死にたいと言っていました。しかし、その方の奥さんは最後まで反対していました。幼い息子さんがいたのですが、その子はその時父親がそういう決断を下しているとは思いもしなかったでしょう。藤枝医師は患者と家族の話し合いの場に立ち会って、死の価値観や生命の倫理を説いたそうです。それでも、患者の意思は変わりませんでした。そして、その話を聞いているうちに、家族も患者の望みをかなえてあげたいと思うようになりました。それで、藤枝医師がその患者を……」

山中は後の言葉を濁した。

華岡は息が止まるような思いで聞きながら、

「その患者というのは？」

と、思わず身を乗り出してきいた。

山中はそれには答えずに、

「だからと言って、私が田中淳さんを安楽死させたわけではないことは強調して言っておきます。私はいまの法律の範囲内で出来ることをしたまでです。筋弛緩剤を使用したのは、一般的なやり方ではないかもしれませんが、患者の痛みや苦しみが取れると思ったからです。ただ、決して安楽死などさせていません」

と、最後の箇所を強い口調で言った。

華岡はこれ以上きくことがなかった。というよりも、山中が語った事柄に衝撃を受けて、何もきけなかったという方が正しいかもしれない。

しばらく、華岡が考え込んでいると、

「まだ何かありますか」

山中が真意の読めない目を向けてきた。

「いえ」

華岡は思わずそう答えた。

今日の山中の取り調べは終わった。山中は席を立って、部屋を出て行った。

華岡の心にぽかんと穴が空いたような感じが残った。

「華岡検事、急にどうされたんですか」

本多が心配してきた。

「何がだ？」

「途中から上の空でしたよ」

「そんなことない」

華岡はそう言って、窓の外を眺めた。

公園では、幼い子どもが父親に肩車されている姿が見えた。華岡は目を細めて、父の死について思いを馳せた。

3

その日の仕事が終わり華岡が家路へついたところ、関内駅の目の前で義父の宏から電話がかかってきた。ちょうど、華岡も電話しようと思っていたところだった。

「由美子のこと、考えてくれたか」

宏がきいた。

「考えました」

華岡は改札の前で、立ち止まって答えた。

「どうする？」

宏が神妙な声できいた。

「その前にききたいことがあるんです」

「ききたいこと？」

「はい。これから会って話せますか？」

「もちろん。いま由美子との面会を終えてきたところだ」

「わかりました。四十分くらいで新橋駅に行けます」

「じゃあ、銀座口で」

電話を終えると、華岡は改札口をくぐった。すぐに電車がホームにやって来て、乗り込んだ。

横浜駅で東海道線に乗り換えて、新橋駅まで行った。

その頃には、空は薄暗くなっており、サラリーマンで駅がごった返していた。銀座口を出てすぐ近くの宝くじ売り場の横に、ダウンコートを着込んだ宏が待っていた。

「由美子と会ってきた」

宏が寂しげな声で言った。

「そうですか。母さんは何か言っていましたか」

「苦しそうで、何も言える状態ではなかった」

宏が俯いてため息をついた。

華岡の脳裏には、苦しみにもがいている母の顔が映し出された。

華岡は宏を見つめながら、

「あの喫茶店に入りませんか」

と、数十メートル先の四つ角にあるガラス張りの喫茶店を指した。

「そうだな」

宏がそう答えると、ふたりは喫茶店に向かって歩き出した。今日の宏はいつも以上に重苦しい表情を浮かべ、話しかけても相槌《あいづち》を打つ程度であまり話に乗ってくれなかった。

喫茶店に入ると、一階は満席だったので、二階に案内された。

席に着いて、ふたりともこの店のオリジナルブレンドコーヒーを注文した。挽き立てのコーヒーを提供するから、時間がかかると言われて、コーヒーが来るまで母の様子について宏から話があった。

「上野先生が言うには、持って一週間だということだ」

宏は嘆くように言った。

「一週間であの世に旅立つのですね。だったら、苦しいかもしれないですけど、

「一週間の辛抱じゃないのですか」

「いや、そうじゃない。一週間も苦しませたくないんだ。本人もそれを望んでいるんだからお前さえ認めてくれたら、先生もすぐにやってくれる」

宏は再びため息をついた。

その時、コーヒーが運ばれてきた。

華岡は一口飲んでから、

「父さんのことですが」

華岡は話を切り替えた。

「父さん?」

「死んだ父さんのことですよ」

「父さんも、母さんみたいに苦しんでいたのですか」

「兄さんのこと……」

「いや、由美子の方が余程苦しんでいた。兄さんの場合には、半年しか持たないと言われていたんだ」

「父さんは自ら望んで、死なせてもらったそうですね」

「……」

宏はぎょっとした顔になったが、何も答えない。

「父さんの死を看取った医者の話を聞きました」

華岡がそう言うと、

「そうだったのか」

宏はやり切れない顔をした。

「どうして黙っていたのですか」

華岡がきいた。

「兄さんの遺言だ。自ら望んで、死なせてもらったということを徹に知られたくないと言っていた。やはり、お前は兄さんの死を由美子と俺が決めたと思っていたのか」

宏が複雑な表情をして言う。

「はい……。母さんがお医者さんに楽にしてあげてくれと頼んだのを耳にしたので」

華岡は正直に答えた。

「俺は、お前が由美子に反抗している理由は兄さんの死にあるのじゃないかと思っていたが、そんなことないと由美子は言い張っていた。もしかしたら、お前に聞かれたと思いたくなかったのかもしれないな」

宏が考えるような目つきで言い、さらに続けた。

「初め、兄さんの考えに由美子は反対したんだ。徹のためにも、一分一秒でも長く生きて欲しいと言っていた。だが、家族に迷惑をかけたくないという兄さんの強い気持ちに押されて、由美子は認めたんだ」

「そうみたいですね」

華岡は頭の中で考えを巡らせながら、ゆっくりと答えた。

「兄さんが死んだ時のことを覚えているか」

宏がきいてきた。

「ええ。小学一年生の時でした。急にいなくなったという印象です」

「そうだよな。お前は兄さんが何度も肝臓がんを患っていたのを知らなかったよな」

宏が独り言のように呟いた。

言われてみれば、何度か父が数週間家を空けることがあった。母からは出張でいないと聞かされていた。

宏は続けた。

「何度目かに入院した時が確か正月明けだった。いつまで生きられるかわからないとお医者さんに言われていたんだ。そしたら、兄さんは思い悩んだような顔をして、『俺が死んだら徹の父親になってくれ』と頼んできたんだ」

「えっ、再婚を父さんが頼んだのですか？」

華岡は思わず大きな声を上げた。

「そうだ」

宏は、はっきりと答えた。

「本当ですか」

華岡は信じられなくて、もう一度きいた。

「ああ」

宏はゆっくりと頷いた。

父を安楽死させたことと、父のことを考えずに再婚したことに対して、華岡はずっと違和感を持ち続けてきた。そのせいで、学生時代には何度も母にひどい言葉を浴びせたし、社会人になってからも母とは疎遠であった。

しかし、宏との再婚が死んだ父の頼みだったとすれば……。

「兄さんはお前のことが心配だったんだ。だから、俺に代わって守ってくれと。

父親として愛情を注いでやってくれと……」

宏がコーヒーを啜《すす》るようにして呑みながら、遠い目をした。

「それで、再婚を？」

「ああ」

「嫌だとは思わなかったんですか」

「思うものか」

宏は当たり前のように答えた。

「どうしてですか」

「前にも言っただろう。兄さんは大学に行きたかったが、俺のために諦めて働いて学費を作ってくれた。俺はそれを知らないで、兄さんを恨んだこともあった。しかし、兄さんの心遣いに気が付いた時から、兄さんの頼み事なら何でもかなえてやろうと思ったんだ」

宏の目には涙が溜まっていた。

「もし、死んだ父さんがいまの母さんの状態を見たら、どういう判断を下すんでしょう」

華岡はふと口にした。

「きっと、楽にしてやってくれと答えると思う」

宏はしんみりと答えた。

「でも、愛するひとの為なら、どんな形であっても生きていて欲しいと思うのが人間なんじゃないですか」

華岡はそう言いながら、梢のことが思い浮かんだ。

「愛しているからこそ、死なせてあげたいと思うことだってあるんじゃないのか」

宏は悲しそうに言った。

「愛しているからこそ……」

華岡は唇を噛んだ。そして決意をした。

「母さんに終末期鎮静をしてやってください」

と、宏に言った。

「わかった。さっそく、上野先生に伝える」

宏は携帯電話を取り出して、電話を掛けた。

そして、母に鎮静剤を投与して欲しいと伝えた。

電話を終えた宏が華岡を見つめて、

「母さんに何か言い残していることはないか？　もうコミュニケーションが取れなくなるかもしれない」

と、改まった声で言った。

「まだ何も考えていない」

華岡は正直に答えた。

「そうか。明日の朝から少しずつ鎮静剤を投与していくそうだ。もし、仕事の前に来られそうだったら、由美子に別れの挨拶をしてやってくれないか」

宏が頼み込むように言った。

「わかりました」

華岡はそう答えると、そろそろ行くかと宏が言って立ち上がった。

ふたりは新橋駅まで一緒に行って、改札口で別れた。

華岡はこれでいいのだろうかという思いに駆られながら、電車に揺られた。山中は安楽死が自殺ほう助と本質的に変わらないと言った。倫理的におかしいと指摘したことに対し、終末期鎮静だって許されることではないのではないか。命をその場で絶つわけではないが、意識を失わせるという状態をあえて招いてもいいのだろうか。さらに、鎮静すると残りの寿命も短くなるのではないかとも思った。

華岡は携帯電話を取り出し、宏にやっぱり鎮静をしないように電話しようとも思った。だが、心のどこかで母の為を思えば……。

終末期鎮静をしたくないのは自分が負い目を感じたくないから、そう考えるのではないか。

やはり、母の苦痛を取り除いてあげよう。このような事態をあえて招くのも、致し方がないと腹を括《くく》った。

この夜、眠りについたのは、もう明け方近かった。

華岡が目覚めたのは早朝だった。

いつの間にか眠りについていたが、あまり寝た気がしない。

ただ、夢を覚えている。梢と一緒に都心から少し離れた場所で、大きな犬を飼って、男の子がひとりいる。そこに、死んだ父と母と宏が遊びに来ていた。

華岡は官舎を出てから、満員電車に揺られながら、母の病院へ向かった。

病院に着いたのは、午前九時過ぎであった。早い時間帯なのに、診察を受けに来ている患者が多くいた。入院患者がいる病棟にも何人か見舞客を見かけた。

病室に行くと、宏が母のベッドの横にいて、何か話しかけていた。母は顔を宏に向けていた。

華岡はベッドに近づき、

「母さん」

と、声をかけた。

母は「徹」と消え入るような声で答えた。

華岡は次の瞬間、何と言っていいのかわからなくなった。昨日の夜、あれだけ考えて、自分の中で納得する答えを出したはずなのに、もうすぐ意識がなくなる母を見て、心が揺らいできた。

「義父さん、ふたりきりにしてもらってもいいですか」

華岡は頼んだ。

「もちろん」

宏は部屋を出て行き、扉を閉めた。

部屋の中は静まり返っていた。

華岡は母と同じ目線になるようにしゃがんで、手を握った。

「ありがとう」

母はゆっくりと息を吐くように言った。

「父さんのことを聞いた。ずっと勘違いしていてごめん」

華岡は詫びた。

母は微かに首を横に振った。

「正直に言って、母さんに鎮静をするのが正しいことなのかどうかわからない。でも、母さんが楽になるんだったら、それでいいと思う。何一つ親孝行してやれなくて、ようやく出来ることがこんなことだなんて……」

華岡はそう言いながら胸が詰まり、声が震えた。

母の目は赤らんでいた。

「これから言う言葉が、最後の言葉になると思うけど……」

華岡は少し考えてから、

「母さんからもらった手紙を一生のお守りとして持ち続けるよ」

と、告げ、しばらく母を見つめていた。

やがて、宏と担当医の上野が入って来た。

「そろそろ、鎮静を始めさせていただいてもよろしいですか」

上野が華岡に確認した。

「はい」

華岡は立ち上がって、ベッドから少し離れた。

母はもう覚悟を決めたのか、目を閉じて、何か祈るように両手を胸の上で組んでいた。

これでもう母と会話が出来なくなるんだ。

言葉では言い表しようのない複雑な気持ちが渦巻いていた。

4

その日の仕事が終わり、華岡は磯子にある田中真司の自宅を訪れた。昼間に再び任意で事情聴取をしようと思ったが、仕事の関係で行けないと断りの連絡があった。

良には事前に連絡して、家を留守にしてもらうように言っておいた。その方が、真司が話しやすいと思ったからだ。

インターホンを押してしばらくして、部屋着姿の真司が現れた。

「また検事さんですか」

真司は呆れたような顔をしている。

「今回で最後になると思います」

華岡は覚悟を決めて、はっきりと言った。

「上がらせてもらってもよろしいですか」

「いえ、困ります」

「ここで話すと近所のひとに聞かれてしまうかもしれませんよ。出来れば中がいいのですが」

華岡は出来るだけ角が立たないように言った。

真司は中を一度見てから、

「そんなに長くならないようにしてください」

と、注意してきた。

「はい」

華岡は玄関に入った。

真司が用意してくれたスリッパを履いて廊下の突き当りにあるリビングに入った。リビングは広々としており、詰めれば八人くらいでも使えそうなダイニングテーブルとソファが置いてあった。テレビや雑誌などはなく、いかにも真面目そうな真司の性格を物語っていた。

華岡は真司に勧められてから、ダイニングテーブルの椅子に腰を下ろした。真司は対面に座った。

「もう一度、あなたとお話がしたかったのです」

華岡はまず初めに伝えた。

「そうですか」

真司は表情を変えずに、静かに答えた。

「私の推理が正しいかどうか聞いてもらいたいんです」

華岡が真司の目を真っすぐに見て言うと、真司は少し眉間に皺を寄せて、厳しい目つきをした。

「あなたが三和田明の事件で見たという、三和田宅から逃げて来た怪しい人物は存在しないはずです。実際は、三和田が妻を殺したからです」

華岡はそう言って、真司の顔色を窺った。

しかし、真司は無表情のまま、口を閉ざしていた。

華岡は続けた。

「それなのに、なぜあなたが三和田のことを庇ったのか。それは息子の淳さんが関わっているからです」

「……」

「淳さんと三和田がとあるマンションで会っていることがわかりました。あなたは知らないと仰っていましたが、三和田から淳さんにファンレターの返事が来ていたそうですね。そのファンレターはあなたが処分したのですね」

「何を言っているのかわかりません」

真司は首を傾げた。

「過去に手紙のやり取りがなかったとしても、三和田と淳さんはそのマンションで会っていたことは確かです。そこで何を話し合っていたか。事件の計画ではないでしょうか。つまり、三和田が淳さんに妻を殺すように頼んだのです」

華岡は鋭い眼差しを向けた。

真司は目線を逸らさなかったが、何も答えない。

「犯行推定時刻の少し前、淳さんが三和田宅のすぐ近くから三和田明の携帯電話に連絡をしたことが捜査でわかりました。淳さんは三和田宅に入り込み、刃物で妻を刺した。しかし殺すことは出来ず、途中で我に返った淳さんは恐くなって逃げ出した」

華岡がそう言うと、真司がムッとした顔をした。

「淳さんは三和田にそそのかされて、彼の妻を殺そうとしたんです。それから三週間後に、淳さんは三和田と会っていたマンションの非常階段から飛び降りています」

「あれは事故でした。警察もそのように処理しました」

真司が言い返した。

「では、あなたは日頃から淳さんについてどのようにお考えだったのですか」

華岡は話題を変えた。

「どうって……」

真司は口ごもった。どう答えればいいのか迷っているというよりも、色々あり過ぎて、頭の中で整理しなければならないと思っているように見えた。

「淳さんが政子さんに暴力を振るったり、弟の良さんをいじめるようなことがあって、本当はいなくなってしまえば良いと思ったのではないですか」

華岡はきつい口調で言った。

「そんなことはありません」

真司は睨みつけるようにして言った。

「では、そういう淳さんの素行の悪さをどう思っていたのですか」

華岡は質問をぶつけた。

「……」

真司はしばらく黙ったあと、

「そういう風にしてしまったのは、全て私の責任だと感じていました」

と、沈むような声で言った。

「どうして、そんな全てあなたの責任だと感じるのですか」

「愛情の表現手段を間違えてしまったからだと思います」

「具体的に言いますと？」

「私は息子にいい大学を出て、ちゃんとした企業に就職して欲しいと考えていました。そのためには、幼い時からの教育が必要だと思っていました」

「それはあなたの体験に基づいたものですね」

「はい。私は高校生になって、猛勉強をして東大に入りました。もっと前から勉強をちゃんとしていれば、そこまで苦しむことはなかったと思っていましたので」

「小さい時から勉強漬けにしてしまったことが、間違いだったと言うのですか」

「いいえ、違います。同じ勉強漬けにしていても良は私の思うような道を進んでいますから。淳は良と違って、不器用と言いますか、極端な性格なんです。良いものと悪いもののどちらかに決めないと気が済まないのです。淳も中学受験までは成績が良かったんです。私も誇りに思う程でした」

真司はひと呼吸おいてから続けた。

「しかし、ある時、模試の結果が思わしくない時があり、私は厳しく叱ってしまいました。その時に、普通であれば次は頑張ろうという気になると思うのですが、淳は今まで親が関心を示していたのは、勉強が出来たからであって、勉強が出来なければ、もう親から愛されることはないとふさぎ込んでしまったのです」

「それは本人がそう言っていたのですか」

華岡はきいた。

「はい」

真司が頷いた。

「あなたはそれに対して何と答えたのですか」

「私は淳に『お前は物事を極端に考え過ぎだ』と注意しました。すると、こういう性格にしたのは全部私のせいだと罵《ののし》ってきたんです。それで、つい手を上げてしまいました」

真司が答え難そうに言った。

「そこから、淳さんの素行が悪くなったんですね」

「おそらく、そうだと思います。何かあると、こんな性格にしたのは私のせいだと言うようになりました。ある意味、自意識過剰だったんだと思います」

「それは死ぬ直前までそのような考え方だったのですか」

「そうです」

「あなたは何かアドバイスはしなかったのですか」

「しましたが、こういう性格は死ななければ直らないと言っていました」

「それは自殺願望があったということなのでしょうか」

華岡は真司の目を見て、探るようにきいた。

「いえ、自殺ということまでは」

真司が首を傾げた。

「でも、生きていくことにどこか否定的な言葉ではありませんか」

「そうですが、思春期の子どもにはよくあることだと思います。私も昔は挫折や人生に対する行き詰まりを感じて、何度か死にたいと思ったことがあります。淳には辛いだろうが、それを背負って生きていくしかないと言った覚えがあります」

「その言葉は淳さんに届いたのでしょうか」

「……」

「では、あなたの言葉を聞いた淳さんは何と答えていましたか」

「俺にはそんな器用に生きることは出来ないと言っていた気がします」

淳には、前々から自殺願望があったのではないかという思いがした。

「それでも、あなたは淳さんを愛することには変わりありませんでしたか」

「はい」

「どうしてですか」

「息子は私の一部ですから」

「どういう意味ですか」

「息子は若い時の自分なんです」

真司は言い放った。

華岡はそこに違和感を覚えた。たしかに、誰にだってそう思うことはあるかもしれない。しかし、息子を別個の存在ではなく、自分の一部だとしか見てこなかったからこそ、淳は反発をしてきてしまったのではないか。

と、同時に、真司が安楽死をさせようとしたのは、息子を自分の一部としてみなした時に、もうどうすることも出来ないから死なせてやりたかったのではないかと思った。

「あなたは山中征爾医師に淳さんを死なせてやってくれと頼みましたね」

華岡は力を込めてきいた。

「いいえ」

真司は否定した。

そこで、華岡は自分の話を始めた。

「実は、昨日、私は病気で苦しんでいる母に終末期鎮静といって、意識を低下させて痛みを緩和したまま死を迎えさせるという治療法を選択したんです。いくら母のためだからといって、意識を低下させて、もう二度とコミュニケーションを取れない状態にしていいのかどうかものすごく悩みました。これはきっと、苦しんでいるひとを安楽死させることが出来るのなら、させるかどうか悩むのと同じような感覚だと思います」

華岡がそう説明していると、

「検事さんはそれでもその治療法を決めたのですか」

と、口を挟んで来た。

「はい。私の生命に対する価値や倫理観というのが少し変わった気がするんです。それで、淳さんのことも思い出してしまったのです。もし、私があなたの立場であったら、淳さんを楽に死なせてやりたいと思うだろうと感じたんです」

華岡は真司をしっかりと見て言った。

真司は上を向いたり、俯いたりを繰り返した。

やがて、真司は大きく呼吸をしてから、

「私は、山中医師に淳を死なせてやってくれと頼みました」

と、ついに認めた。

「山中医師はそれを受けて、淳さんの気管内チューブを取って、さらに筋弛緩剤を投与して死なせたんですね」

華岡が確かめた。

「違います」

「違う？」

「山中医師に断られたんです。そんなことは出来ないと。本人の意思がない限り、死なせてはならないと強い口調で言われました」

「では、その日の夜に亡くなったというのは……」

「私にもわからないんです。山中医師がそう言っていたものの、本当は私の意思を汲んで、死なせてやったのか。それとも、本当に淳の痛みを緩和させるために、筋弛緩剤を投与したものの死なせてしまったのか」

真司は困惑したような顔をした。

「あなたが今まで山中医師にそのようなことを頼んだ覚えがないと言ったのは、もし山中医師が本当に死なせてやっていたとしたら、ということを考えて庇っていたのですか」

華岡はきいた。

「はい」

真司は項垂れるように頷いた。

「では、三和田明の妻殺しではどうなんですか？　淳さんが刺したのではないですか？」

「……」

「もう状況証拠は揃っているんです。あなたも証言台に立ったことで苦しんできたはずじゃありませんか」

華岡は同情するように言った。

すると、真司は「全て仰る通りです」と、三和田の妻殺しに淳が関与していたことも認めた。

「淳さんは三和田の妻を刺した後、いつも通り家に戻ってきたのですか」

「今までにないような、思い悩んでいる重たい顔をしていました」

「あなたは何か声を掛けましたか」

「はい、でも何をきいても空返事でした」

「その時、どう思いましたか」

「これは何かまずいことでもしたんじゃないかと思って、それから息子の部屋で問い詰めてみました。すると、人を刺したということを話し出しました」

「三和田から頼まれたということも話したのですか」

「はい。殺すように頼まれて家に入り、刺したけど途中で殺すなんて出来ないと思って逃げて来たと言いました」

「凶器は淳さんが持っていたのですか」

「はい」

「それはどうしましたか」

「私が預かりました」

「では、あなたはその時に、淳さんを庇おうと思ったのですね」

華岡は鋭い目つきを向けた。

「いえ、庇おうというより、私もどうすれば良いのかわからず、まだ相手が死んだかどうかもわからないので、様子を探ろうと思いました。その日の夜のニュースで、三和田の妻が死亡したことがわかりました。しかし、犯人は物盗りのようで、淳とは違う年齢や容姿の説明がされていたので、淳は捕まらないのではないかと思い、そのままにしておきました」

「証言台に立とうとしたのはどうしてですか」

「駒形弁護士が訪ねてきたんです」

「偽証をしてくれと言ってきたんですか」

「はい。淳のことは全て知っているようで、もし証言台に立たないと、私や家族の人生までもが滅茶苦茶になると脅してきました」

「それで、仕方なく出廷したのですね」

「はい」

「それから、淳さんと三和田が連絡を取り合っていた痕跡や、凶器は処分していますが、それはあなたが自分で考えて行動したのですか」

「いえ、全て駒形弁護士の指示です。証拠となるようなものは全て駒形弁護士に渡しました」

真司がきっぱりと言った。

「では、話をまとめると、淳さんが刺して、その凶器や証拠となるようなものは全て駒形弁護士に渡し、駒形弁護士の指示で法廷で偽証したのですね」

「はい」

「間違いありませんね」

華岡は再度確かめた。

「間違いありません」

真司は深く頷いた。

「正直にお話しして頂いてありがとうございます。これらのことを明日横浜地検で調書を取らせていただいてもよろしいですか」

華岡は確かめた。

「はい」

真司はしっかりと華岡の目を見つめて答えた。

華岡は席を立ちあがって、もう一度礼を言ってから家を出た。真司は華岡の帰り際に「嘘をついていて申し訳ございませんでした」と謝っていた。

家を出ると、もう外は真っ暗で、空には月が明るく輝いていた。

三和田明の事件は解決した。

あとは、山中征爾医師を起訴するかどうかだ。しかし、華岡の心は決まっていた。山中は安楽死をさせていない。

5

二週間後、母が亡くなった。葬儀は身内だけで済ませた。しかし、その場に梢を招待していた。

四十九日の法要を執り行った日、宏と母が暮らしていた家に、華岡は梢と一緒に行った。

宏は母が亡くなって寂しい思いをしているというが、けじめはついたようであった。

華岡は宏に向かって、

「梢さんと結婚することになりました」

と、少し照れながら報告をした。

「不束者《ふつつかもの》ですが、よろしくお願い致します」

梢は宏に深々と頭を下げた。

「そうか、よかった。お前と一緒に生きていくひとがいると、由美子もそして兄さんも安心だろう」

宏は笑みを浮かべて言った。

「義父さんにひとつ、ききたいことがあるんです」

華岡は改まった口調で言った。

「何だ?」

宏がきいた。

「今まで死んだ父さんのため、そして母さんのためだけに生きてきて幸せでしたか」

「実は俺は前から母さんに憧れていたんだ。それを兄さんは知っていたうえで、結婚するように勧めたんだ。だから、好きな女と一緒に暮らしてきて幸せだった。お前を立派に育てることが、兄への恩返しということもあった」

宏はひと呼吸おいてから、続けた。

「兄が死んだあと、いくら本人の希望だったとはいえ、私も由美子も兄を安楽死させたことで苦しんだ。だから、今回由美子は終末期鎮静を決断すると時に、徹に負い目を与えてしまうのではないかと、ものすごく悩んでいた。由美子がそれを望んだのは、兄さんと同じように死ぬことで、兄さんとつながりを持ちたかったからだ。だから、徹には負い目を感じることはないと伝えてくれと言われた。俺は由美子を兄さんに返すという気持ちになった」

宏がすっきりしたように言った。

たしかに、安楽死をさせた家族の気持ちは負い目もあって複雑だろう。それもあって、山中は本人の意思を聞かないと安楽死させないという立場なのかもしれない。今まで考えていなかったが、田中淳は一瞬意識回復して、山中に死なせて欲しいと頼んだのではないか。山中は本人の意思を汲んで、安楽死を決めたが、家族に負担を掛けさせないように、死なせてやってくれという依頼を断ったのかもしれない。

これはあくまでも自分の想像に過ぎない。しかし、仮に安楽死をさせていたとしても、法や医師の立場を越えて山中医師は素晴らしい人間だったのではないかと思えた。

「ふたりは母さんにまだ結婚の報告をしていないだろう」

宏が言った。

二人は仏壇の前に座って手を合わせた。

「母さん、結婚することになったよ。あの世で父さんにも報告しておいてくれ」

華岡は梢をちらっと見た。

梢も一生懸命に手を合わせていた。

彼女と一緒に生きていこうと改めて思った。

双葉文庫

こ-02-37

死《し》の扉《とびら》

2025年1月15日　第1刷発行

【著者】
小杉健治《こすぎけんじ》

【発行者】
箕浦克史
【発行所】
株式会社双葉社
〒162-8540 東京都新宿区東五軒町3番28号
［電話］03-5261-4818(営業部)　03-5261-4831(編集部)
www.futabasha.co.jp（双葉社の書籍・コミックが買えます）
【印刷所】
大日本印刷株式会社
【製本所】
大日本印刷株式会社
【カバー印刷】
株式会社久栄社
【DTP】
株式会社ビーワークス
【フォーマット・デザイン】
日下潤一

ISBN978-4-575-52818-3 C0193
Printed in Japan

▪本作は 2020 年 10 月、小社より刊行されました。